Ch. Chasselat. del.   Lambert. Scul.

LE
PETIT PÉLERIN
DE PARME
ET
DE PLAISANCE.

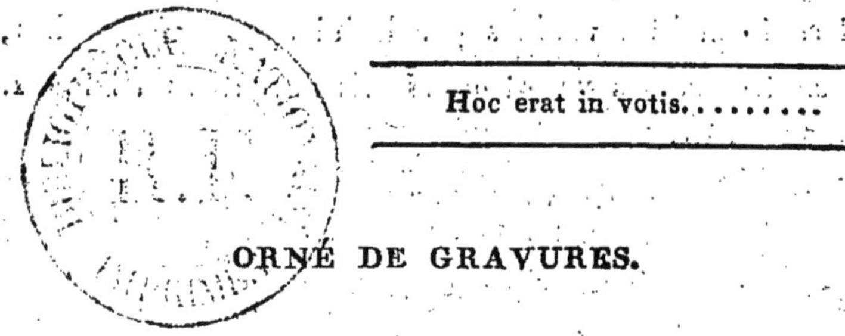

Hoc erat in votis.........

ORNÉ DE GRAVURES.

~~~~~~~~~~~~~~~~

A PARME:

Et se trouve, à Paris,

Chez LATOUR, Libraire, grande cour du Palais-Royal.

1815 (FÉVRIER).
~~~~~~~~~~~~~~~~

AVERTISSEMENT.

Le manuscrit de ce petit ouvrage a été lu,
en décembre et janvier derniers, par deux
membres de la Chambre des Députés, par
l'ancien préfet de Lucques, repassé en Italie
au commencement de janvier 1815, par un
ancien évêque ex-constituant, par plusieurs
autres amis de l'auteur, et notamment par
M. le Duc d'......., ancien et nouveau ministre de l'Empereur des Français.

L'impression n'en a été entreprise qu'avec
les plus grandes difficultés. Les espèces de
pronostics que contient ce roman sont le
résultat naturel des projets désastreux d'un
ministère trop peu sorcier pour qu'il fût difficile à tout bon citoyen d'être prophète.

Ceux qui aiment à faire des rapprochemens et à en tirer des augures, ont remarqué
que la régénération de l'empire date du moment même où la nature semble se renouveler, où elle se pare de ses plus douces
couleurs : cette heureuse époque est le premier jour du printemps.

LE PETIT PÉLERIN

DE

PARME ET DE PLAISANCE.

LES cloches de la grande Chartreuse de Pavie annonçaient le dernier *Angelus*, et la nuit commençait à jeter une longue obscurité dans les trois nefs de l'église. Un ancien officier, privé d'un bras, et décoré de cet ordre illustre dont la devise est *Honneur et Patrie*, ayant passé plusieurs heures à examiner les statues de marbre placées au pied de chaque pilier, se retirait, lorsque ses yeux furent frappés de la vue d'un *petit Pélerin* qui s'avançait seul vers les marches de l'un des autels de cette basilique. Cet enfant ne paraissait pas avoir atteint sa quatrième année; sa démarche était noble et modeste; un sentiment de tristesse semblait répandu sur tous ses traits; un manteau de velours chargé des signes du pélerinage, un chapeau garni d'une plume blanche, des brodequins d'écarlate attachés avec un lacet d'or, paraissaient devoir appeler tous les regards, et cependant aucun de ceux qui se disposaient, comme l'officier, à sortir de l'église, ne faisaient attention au *petit Pélerin*. Le militaire étonné s'approche, et croit trouver dans la figure de cet enfant une ressemblance frappante avec une petite gravure qui, neuf mois avant, lui était parvenue de Paris, et dans laquelle on voyait un enfant, à genoux, les mains jointes, les yeux levés vers le ciel, et qui priait *pour la France et pour son père.*

Mais comment expliquer que ce même enfant se trouvât seul, si tard, et sous un tel costume, dans la Chartreuse de Pavie, et par quelle singularité n'excitait-il alors la curiosité de personne?

L'officier respecte la piété de cet aimable Pélerin, et le voyant à genoux et en prières, il ne peut se défendre de se prosterner lui-même au pied du même autel, et de s'écrier : « Grand Dieu! exauce les vœux que t'adresse l'innocence! » L'enfant, frappé de surprise à son tour, jette un regard attendri sur le vieux guerrier, et lui dit d'une voix douce et timide : « Français, que le ciel bénisse vos cheveux blancs! Voici la plus douce consolation que j'aie éprouvée depuis que j'ai quitté ma mère..... »— « Aimable Pélerin, reprend l'officier, quels parens ont pu abandonner ainsi un enfant à peine sorti du berceau, et l'exposer seul à tant de hasards?....»—«Brave homme, ne maudissez point les auteurs de mes jours; hélas! assez d'autres sans vous osent en ce moment changer en imprécations leurs adulations et leurs vœux....«—« Ah! Prince (car je devine à ces mots votre illustre origine), craignons que des oreilles indiscrètes ne surprennent ici votre secret.....» — « Non, mon ami, nous n'avons rien à redouter. De tous ceux qui m'entourent vous êtes le seul qui puissiez me voir et m'entendre; moi seul aussi, je puis entendre les paroles que vous m'adressez, et ce que je vous apprends vous explique déjà comment les vêtemens dont je suis couvert ne peuvent me faire courir aucun danger....»—« Mais, oserais-je vous demander, mon Prince, pourquoi je jouis ici d'un privilége que personne dans cette église ne partage avec moi? » — « C'est ce que vous êtes digne de savoir, brave guerrier, et ce dont je vais bientôt vous instruire. Mais on va fermer les portes de ce temple où Dieu n'a point repoussé mes prières; sortons, et hâtez-vous de me faire connaître à qui je dois une jouissance dont mes malheurs augmentent le prix. »

— « Je suis, répondit l'officier, l'un des militaires blessés à la terrible bataille de Wagram......»

— « Victoire mémorable, interrompit le Prince, dont l'un des résultats fut une union inespérée à laquelle je dois ma déplorable existence..... »

— « Le sang qui coule dans vos veines doit vous porter, mon Prince, à ne point désespérer de la bonté divine. Votre père et les illustres ancêtres de votre mère ont souvent, par leur constance, triomphé du malheur, et fixé l'instabilité de la fortune. Nous sommes d'ailleurs presque toujours aveugles dans nos vœux et dans nos plaintes : je gémissais de la perte de mon bras, lorsque mes camarades placèrent près de moi l'officier qui m'avait remplacé, et auquel un boulet venait d'emporter les deux cuisses. Ce brave homme ne put résister à une double amputation; il expira au milieu des tourmens, et dans ses adieux il enviait ma destinée. L'Empereur ajouta à ma retraite une dotation sur le *Monte-di-Napoleone* de Milan, et m'accorda un commandement dans le *Camp des vétérans* qu'il avait établi entre Alexandrie et Tortone. J'y vivais avec des frères d'armes, heureux comme moi d'avoir versé leur sang pour la patrie, et bénissant la munificence de notre général, lorsque les événemens du printemps dernier vinrent apporter à notre sort un si funeste changement. Le Piémont rentra rapidement sous l'autorité du roi actuel de Sardaigne, cet ancien *duc d'Aoste* dont l'esprit et les talens ont toujours été très-peu au niveau de sa naissance. Ce prince a une telle aversion pour tout ce qui a été créé de grand dans les états de son frère, alors abdicataire, qu'il lui répugne de passer sur le beau pont élevé à *Turin*, qu'il refuse d'entretenir les admirables travaux du *Mont-Cenis*, et qu'il recherche les moyens de faire sauter, à peu de frais, les routes de *Mont-Genèvre*, de *la Corniche*, et le *pont de la Doire*. Aussi la maison d'Autriche, pour ne point trop heurter ces nobles préjugés, s'occupe de débarrasser ce prince de la propriété importante d'*Alexandrie*, vaste et magnifique forteresse où le roi de Piémont avait trop de travaux à détruire. Ce souverain judicieux, qui insulte même aux alliés qui l'ont rétabli sur son trône, ne se croira réellement le maître que quand tous les militaires auront été expulsés de ses armées, quand tous ses sujets auront ressaisi leurs stylets homicides, et quand tous les moines seront rentrés dans leurs couvens.

» Vous croirez, sans peine, que les premières menaces ont été dirigées contre les vétérans. Victorieux, sans combattre, de ces vieux guerriers mutilés, le roi les a contraints de fuir et d'abandonner des terres que leurs bras, devenus débiles, avaient fertilisées par la culture. Nous avons tous traversé à la hâte le Tanaro et l'Eridan; nous avons quitté les toits que nos mains avaient bâtis; les arbres qu'elles avaient plantés; les soies que nous allions recueillir, cette nouvelle patrie qu'aucun de nos voisins ne nous enviait, car nos propriétés ne provenaient ni de violences ni de confiscations. Toute notre colonie fugitive s'est rejetée sur cette rive gauche du fleuve, combattant la misère avec courage, et attendant les regards de l'ancienne patrie, pour laquelle ayant sacrifié tous nos membres épars, il ne nous resté d'intact que le cœur..... »

Pendant ce discours, le jeune Pélerin et l'officier étaient parvenus à une maison de modeste apparence, construite près des beaux arbres qui bordent la grande route qui conduit de Pavie à Milan.—« Voici, dit le guerrier, l'asile où un généreux professeur de l'ancienne université de Pavie a daigné recueillir ma famille. Si j'ai pu vous inspirer quelque confiance, Prince, vous honorerez cette maison de votre présence: lorsque vous y aurez goûté quelque repos, cette habitation deviendra un sanctuaire consacré au plus tendre souvenir. »—« Volontiers, dit le Prince; je voudrais être en ce moment revêtu d'un grand pouvoir et exaucer en votre faveur, des vœux plus étendus...... »

Ils entrent. Une femme, vêtue simplement, pressait les apprêts d'un souper frugal: une jeune fille dévidait des cocons ; malgré les importunités de son frère, âgé de 4 à 5 ans, qui, armé d'un petit fusil, tourmentait sa sœur pour qu'elle lui commandât *l'exercice.* Au même moment un vénérable ecclésiastique pénétrait dans cet appartement par une porte de l'intérieur, et la figure du jeune Pélerin s'épanouit, lorsque ce Prince eut remarqué qu'il n'était invisible pour aucun de ceux en présence desquels il se trouvait. L'officier français eut bientôt informé sa famille et son ami de la rencontre qu'il venait de faire et de ce qu'il avait deviné d'une aventure dont le merveilleux était encore un mystère pour lui. Le Prince devint aussitôt l'objet du respect et de l'empressement de tous ses hôtes ; mais l'épouse du capitaine y ajouta tant de questions qu'il ne put résister plus long-temps à satisfaire sa curiosité.

« Votre famille, madame, lui dit-il, ayant été des premières à ressentir les contre-coups de la chute de mon père, il est inutile que je m'étende sur les faits qui ont précédé et immédiatement suivi son abdication des deux couronnes de France et d'Italie. Il ne m'appartient pas d'examiner s'il les avait usurpées, ainsi que l'en accuse une famille dont je dois aussi respecter les anciens malheurs ; mais personne ne peut disconvenir qu'il ne les ait portées avec gloire et fermeté.

Quoiqu'il ait fini par adopter des titres auxquels d'abord il n'avait point paru prétendre, il faut encore avouer qu'il devait croire à l'assentiment de tous, quand ce qu'il y avait de plus éclairé en Europe rendait hommage à son génie, quand les rois briguaient sa protection, et quand neuf cent mille braves, attachés à sa fortune, faisaient voler son char de victoire sur tous les divers territoires de l'Europe.

« Quoiqu'il en soit la fortune se lassa de ses faveurs, et si j'en crois quelques-uns dont j'ai entendu les raisonnemens, sans qu'ils me sussent près d'eux, mon père aurait à se reprocher d'avoir provoqué son inconstance, et hâté [1] le terme fatal d'un pouvoir qui n'ébranle pas moins le monde par sa chute, qu'il ne l'avait étonné par ses progrès. Ils ne se dissimulaient pas, en même temps, les circonstances multipliées qui avaient concouru à tromper, à séduire un prince dont tous les momens, toutes les pensées étaient usurpés par des intérêts si divers et si innombrables. Seul, il fallait combattre contre l'argent et les intrigues d'un ministère, éternel et irré-conciliable ennemi de la France; ministère dont

---

[1] Ità formatis principis auribus, ut aspera quæ utilia, nec quid quam nisi jucundum et læsurum, acciperet. (*Tac.*, Hist., lib. 3, cap. 56.)

les guinées corrompaient toutes les cours, sans en
excepter celle même de Napoléon. De fausses pro-
testations, auxquelles son cœur, si indignement
calomnié, se plaisait à s'ouvrir, l'ont conduit dans
le piège, et tant de princes qui lui doivent leurs
états ne se sont réunis que pour seconder la trahison [1], et pour le dépouiller des siens. Ah! mon
père supporterait sans murmure le coup qui l'a
frappé, si du moins les rois ligués justifiaient leur
première assertion, et s'ils ne se hâtaient de seconder l'Angleterre pour démembrer la France,
et pour avilir la grande nation. »

« Pardonnez à la chaleur d'un fils qui désire
justifier son père; vous saurez bientôt comment à
un âge où les autres enfans ne savent point encore
lire, une raison précoce m'a été départie, comme
pour me faire connaître, avant le temps, tout
le poids de mes malheurs, et m'enlever cette
vague insensibilité qui est l'heureux appanage
de l'enfance. »

Le jeune Prince ayant essuyé une larme échap-
pée de ses beaux yeux, et vu avec plaisir celles
que repandait son petit auditoire, reprit d'un ton
plus calme :

« On avait contraint ma mère de quitter sa

---

[1] Perculsique milites improvisâ proditione, à sociis
hostibusq.; cædebantur. (*Tac.*, Hist., lib. 4, cap. 16.)

capitale; et cette petite fille des Césars, cette Impératrice des Français, cette mère d'un roi auquel les destins avaient promis l'héritage de Romulus et de Trajan, errait au milieu de ses états, incertaine à chaque pas si de fidèles sujets se pressaient autour d'elle, ou si des traîtres venaient attenter à sa liberté. Bientôt elle sut que les portes de Paris s'ouvraient aux ennemis coalisés; que le courage et le dévouement de la garde nationale et de valeureux élèves des sciences avaient été paralysés par une capitulation dont la postérité sera juge. Bientôt aussi elle connut l'abdication arrachée à son époux auquel on avait présenté cette démarche comme devant mettre un terme à l'effusion du sang français[1]. Ce prince n'avait jeté aucun regard sur son sceptre et sur sa couronne; mais il avait serré dans ses bras, il avait couvert de ses baisers, arrosé de ses nobles larmes ses *aigles* immortelles et fidèles qui allaient dire un éternel adieu aux phalanges françaises, et s'ensevelir avec la puissance impériale[2].

« Ma mère était réservée à voir finir ce drame

----

[1] Nemo dubitat potuisse renovari bellum atrox, lugubre, incertum victis et victoribus. (*Tac.*, Hist., lib. 2, cap. 46.)

[2] Alii diutiùs imperium tenuerint; nemo tam fortiter reliquerit. (*Tac.*, Hist., lib. 2, cap. 47.)

« Mais il avait serré dans ses bras, il avait couvert
de ses baisers, arrosé de ses nobles larmes, ses Aigles
immortelles et fidelles » » » » » » » » » » » » » »

majestueux par les embrassemens de son propre père uni à la coalition qui la détrônait, et qui, nouvel *Agamemnon*, immolait une autre *Iphigénie* à des intérêts peu dignes d'un si grand sacrifice.

« Étrangère désormais à tout le cérémonial des cours, importunée par des hommages si disproportionnés avec ceux qui lui furent adressés sur le premier trône de l'univers, ma mère ne tarda point à venir dans les solitudes des Alpes chercher un repos dont elle avait besoin. La nature, que les hommes nomment ingrate, lui prodigua des secours que les hommes lui auraient refusés, et ce fut un spectacle digne de l'attention des siècles que de voir une famille, qui se disait rappelée au trône par la faveur céleste et par l'amour des peuples, s'allarmer du voisinage d'une femme infirme et détrônée, d'un enfant de trois ans, dépouillés l'un et l'autre de tout appareil de grandeur et d'autorité, et abandonnés aux soins d'un petit nombre de domestiques.

« Cependant ma mère ne pouvait sortir de ses appartemens sans apercevoir dans la foule une belle femme vêtue à la grecque, et à laquelle, malgré ce costume, personne ne faisait attention. Cette femme tenait toujours les yeux fixés sur l'Impératrice et sur moi; et, ce qui mettait le comble à la surprise de ma mère, c'est qu'aux heures de ses promenades, et avec quelque vîtesse que ses chevaux l'eussent portée à une grande distance, cette même femme se trouvait toujours à la descente de ses voitures, sans s'être servie de chevaux elle-même, et sans que ses traits annonçassent ni la fatigue ni l'agitation d'une personne qui aurait courru. Cette précipitation d'ailleurs se serait mal alliée avec les grâces et la majesté qui se développaient dans la démarche et dans le maintien de cette étrangère.

« Ma mère voulut enfin la connaître, et ayant ordonné un jour à l'une de ses dames de la faire approcher, quel ne fut pas son étonnement d'apprendre qu'aucune des personnes de sa suite n'apercevait cette femme qui, par un signe respectueux, fit entendre à l'Impératrice que ses vœux seraient incessamment satisfaits.

« Impatiente de hâter le terme de cette aventure, et croyant découvrir dans ce merveilleux un témoignage de la protection de la Providence, *Marie-Louise* se retira seule avec moi dans son jardin, et fit connaître, tout haut, l'intention de n'être troublée par qui que ce fût dans les réflexions auxquelles on était accoutumé à la voir se livrer.

« Elle n'attendit pas long-temps le résultat qu'elle s'était promis de cet innocent stratagême. La belle grècque parut aussitôt devant elle, et, comme nous etions déjà habitués à la voir tous les jours, cette apparition subite ne nous occasionna aucune épouvante.

« Princesse, dit-elle à ma mère, j'ai prévenu, par mes longues assiduités, le trouble dans lequel cet entretien aurait pu vous jeter. Que votre courage ne soit point ébranlé par ma présence, ni abattu par vos infortunes. Dieu, dont les décrets sont impénétrables, a voulu que Napoléon descendit d'un trône sur lequel il n'a peut-être pas assez reconnu la main qui l'y avait placé et soutenu. Il ne m'appartient ni de connaître, ni de dévoiler l'avenir. Que Dieu veuille ou non relever ou changer en ce monde le pouvoir de celui dont il a fait long-temps l'instrument de ses bienfaits et de ses justes vengeances, c'est ce que nous ignorons tous. Mais après m'avoir ordonné de continuer à résider près de lui, malgré qu'il se soit si souvent joué de mes avis, Dieu signale sa bonté envers vous, en vous faisant savoir qu'il a accueilli votre pieuse résignation. Ses regards se sont attachés sur votre fils; et, soit qu'il le destine à régir de grands états, soit qu'il veuille seulement le rendre digne de commander à des hommes, il vous ordonne de l'abandonner pour quelques mois à sa Providence, de vous en séparer avec cette confiance qu'il rencontra jadis dans le cœur du père d'un peuple qui ne s'est

montré ensuite que trop indigne de sa prédi-
lection.

« Pour garant de la volonté divine, je doue votre
jeune enfant de cet anneau (elle me mettait au
doigt la bague que vous voyez) ; dès ce moment ses
vêtemens sont changés en ceux d'un *pélerin*, mais
d'une richesse convenable au petit-fils de tant de
souverains ; et dès ce moment aussi *Napoléon-
François-Charles-Joseph*, héritier au moins de
vos vertus, acquiert l'esprit, la sagesse, l'instruction et l'expérience d'un jeune prince de vingt-
cinq ans qui aurait profité des leçons d'un Bossuet
et d'un Fénélon, et des exemples d'un duc de
Montausier.

« Pour remplir les desseins de la Providence,
votre fils reste désormais et pendant son péléri-
nage, invisible pour les ennemis de son père, et
visible seulement pour ceux qui, sans se dissi-
muler les fautes échappées à ce grand homme,
reconnaissent en lui les qualités éminentes qu'il
reçut de la nature, et qu'il sut perfectionner,
malgré le poison des cours, et au milieu des
hasards de la guerre.

« *Pélerin de Parme et de Plaisance*, arrachez-
vous aux embrassemens d'une mère digne de
toute votre tendresse, partez. En quelque lieu
que vous portiez vos pas, vous foulerez les trophées de votre père ; ils sont arrosés d'un sang

qui à jamais vous doit être cher. Vous entendrez
des éloges, des murmures, des calomnies, des
blasphèmes; que tout devienne une leçon pour
vous; que tout vous rappelle une grande vérité :
les rois n'existent que pour le bonheur de leurs
sujets. Il n'y a de légitime que ce qui est conforme
aux vrais intérêts des peuples. Les souverains
n'ont de sincères conseillers que la *justice* et la
vertu. »

« Elle dit, me porta dans les bras de ma mère,
contempla un moment le spectacle attendrissant
de la séparation qu'elle prescrivait, et je me
trouvai, par un enchantement que je ne puis
comprendre, à la porte des moines du *Grand
Saint-Bernard*.

« Revenu à moi, comme d'un songe, je ne
pus retenir mes larmes, et tournant mes regards
vers cette partie de la Savoie où j'avais laissé ma
mère, je lui adressai mes vœux ardens, et je
confiai à la tempête qui grondait sous mes pieds
les baisers brûlans d'un fils qui adore les auteurs
de ses jours.

« J'avais un autre devoir à remplir. Je me pros-
ternai à deux genoux sur la glace; mes lèvres
s'attachèrent sur cette neige opaque où mon
imagination croyait découvrir la trace des pas
de mon père : oh! mon Dieu, m'écriai-je, en
reconnaissant ta protection spéciale, j'adore tes

jugemens. Me voici dans tes mains, brise, si tu le
veux, brise ton ouvrage fragile ; mais détourne
ta colère de dessus mon père, ma mère et ma
glorieuse patrie. Accepte en moi une holocauste
que mon innocence doit te rendre agréable. Que
tout ce qu'il y a de brave et de généreux dans la
belle France, dans l'antique Italie, doive à ce
sacrifice et son repos et sa gloire ; et que leurs
enfans, instruits de mes vœux et de mon trépas,
accordent une larme au petit *Pélerin de Parme
et de Plaisance !*

« Épuisé par les vives sensations que je venais
d'éprouver, je demeurai évanoui, et lorsque je
repris mes sens, je me trouvai dans la salle du
prieur des vénérables cénobites qui tous s'em-
pressaient près de moi, et pour aucun desquels
je n'étais invisible. Je ne tardai cependant pas
à reconnaître, lorsque j'eus satisfait leur curiosité,
que tous n'avaient pas pour mon père un égal
enthousiasme. Mais cette abnégation sublime de
soi-même qui les retenait, par amour de l'humanité, dans le séjour des neiges et des frimats,
leur méritait le privilége de distinguer tous les
malheureux ; chargés, dans ces régions élevées,
des augustes fonctions de la Providence, il n'est
point d'infortuné, quel qu'il soit, qui puisse
échapper à leurs cœurs brûlans et à leurs regards
hospitaliers.

, « Cependant, il s'était opéré en moi une étrange révolution. Aux dissipations puériles de mon âge, avaient subitement succédé des ré- flexions profondes qui, pour la première fois, me peignaient toute l'horreur de la catastrophe dont était victime ce que j'avais de plus cher au monde. Il n'est pas possible de rendre l'espèce de déchirement douloureux qui sembla ouvrir, tout-à-coup, mon esprit et mon cœur. L'une de ces opérations incompréhensibles, car il s'en fit plusieurs à la fois, perfectionna chez moi l'or- gane de la mémoire. Dès ce moment, je me souvins avec la plus grande clarté, la plus grande exactitude, de tous les discours prononn- cés devant moi depuis le jour de ma naissance; de tous les écrits publiés à cette occasion, et qui avaient, dans mes appartemens ou dans ceux de ma mère, en ma présence, fait l'objet des discours de tous les courtisans, non seulement de ceux qui *ne parlaient que pour être entendus,* mais aussi de ceux qui, n'ayant aucune méfiance d'un enfant au berceau, se confiaient mutuelle- ment des opinions fort opposées aux louanges et aux prédictions dont ils faisaient retentir les voutes du palais. Les plus secrètes pensées de tous ceux qui m'ont successivement servi ou visité, se déployaient à mes regards avec une évidence dont beaucoup auraient à rougir. En

même temps je connus ceux dont les éloges ne
prenaient alors leur source que dans une admiration franche de ce qui était vraiment grand,
et dans le désir de tracer, au milieu des écueils,
une route assurée à une âme magnanime dont il
ne leur était pas possible de désespérer. Quand
pour le bonheur des hommes, pour le maintien
de la paix intérieure et la gloire des souverains,
la philosophie peut se résoudre à prononcer des
panégyriques, elle gémit en secret d'être ré-
duite par l'imprudence des flatteurs, à n'avoir
pas d'autre moyen de faire parvenir à l'oreille
des rois, des leçons de vertu, de prudence et de
sagesse. Ce n'était point une folle institution,
que celle de ces *fous* qui, à la cour des princes,
avaient l'heureux privilége de tout dire, même
la vérité.

« Tous ces discours et tous ces entretiens
m'avaient familiarisé avec les fastes de l'Empereur, mon père, et avec les événemens les
plus saillans de l'histoire moderne et de l'histoire
ancienne, auxquels chacun de ces fastes étaient
sans cesse comparé ou préféré. Je connaissais
ainsi tous les fondateurs d'empires, tous les
chefs de dynasties, tous les héros de l'antiquité;
et mon esprit ne se ressentait point de cette con-
fusion que semblaient devoir produire tant de
nomenclatures accumulées, tant de parallèles

reproduits sous des formes si diverses et si multipliées. Comme j'apercevais *l'homme* à travers le manteau impérial et les lauriers héroïques, mon amour et mon admiration étaient sincères, éclairés, solides, et n'offraient rien de cet appareil faux et bruyant qui avait étourdi le plus grand homme des siècles modernes, et qui avait suspendu, avant qu'on en pût connaître le plan et les proportions, la construction du monument que son génie voulait élever au bonheur des hommes. J'expliquerai un jour plus au long cette vaste entreprise qui n'a été devinée que par ceux dont elle devait anéantir et l'influence et le despotisme : on ne serait pas aujourd'hui en état de me comprendre. »

Jusqu'alors ce jeune Prince avait été écouté avec la plus grande attention et le plus grand silence. Mais le professeur de Pavie lui demanda ici la permission de l'interrompre. Il lui assura que quelque disposé qu'il fût à admirer les actions mémorables de Napoléon, et à le considérer comme un illustre guerrier, comme un grand politique, comme un législateur éclairé, comme un administrateur infatigable, il ne lui était jamais venu à la pensée que ce héros eût d'autres projets que de fonder sa dynastie sur des succès militaires, sur des travaux utiles et quelquefois gigantesques, sur des codes sages mais préparés depuis long-temps par la méditation des juris-consultes, enfin sur la punition du gouvernement anglais auquel la France et l'Europe avaient à demander raison de plusieurs siècles d'injustices et d'outrages. Mais les institutions qu'il s'était hâté de multiplier dans son vaste Empire se trouvaient, la plupart, si peu en harmonie avec les idées libérales qu'il avait lui-même autrefois proclamées, et qui, seules, peuvent assurer à l'homme sa dignité et son bonheur, qu'il était permis de hasarder des doutes sur les projets philantropiques de ce monarque. Le professeur ajouta, que si la dernière assertion du jeune Prince était publiée, sans être appuyée de la plus claire démonstration, il ne serait pas diffi-cile de la combattre, à ceux qui, aux gages des cours, gagnent de riches traitemens en calom-niant un homme qui ne peut leur répondre, et en prouvant aux troupeaux humains qu'ils appartiennent irrévocablement à des maîtres qui ont le droit de se les partager suivant leurs ca-prices, et de jouir de leurs travaux sans être même obligés de les nourrir.

« Rien ne prouve mieux, reprit le Prince, qu'en effet on ne pourrait aujourd'hui me com-prendre, que les doutes élevés par un savant et un philantrope aussi éclairé que vous, monsieur. Mon père a éprouvé tant d'opposition, rencontré

tant d'entraves ; il a été si souvent distrait de
ses plans, ou entraîné dans des routes détournées
par tant d'événemens, d'intrigues, d'infidélités,
de préjugés qui n'étaient pas les siens, et avec
lesquels triomphent aujourd'hui ses ennemis dé-
clarés ou déguisés ; la masse des peuples s'est
toujours prêtée, avec un si merveilleux empressement, à seconder ceux qui les trompent, et elle
a toujours si énergiquement résisté à ceux qui
les veulent éclairer ; tant d'intérêts puissans com-
battent contre tout projet favorable à l'humanité ;
il faut que celui qui s'attache à la servir, se livre
sans défense, à tant de jugemens iniques et er-
ronnés, que les contemporains ne peuvent prononcer sur les entreprises surtout qui ne sont
point couronnées du succès. Beaucoup de ces
contemporains se perpétuent, d'ailleurs, d'âge
en âge. Nous en avons encore qui applaudissent
aux dragonades, à la Saint-Barthélemi, et qui
trouvent tout naturel que Socrate et Phocion
aient été condamnés à boire la ciguë, que le
populaire Henri IV ait péri sous le fer des assassins, tandis que Louis XI et Philippe II sont
morts dans leur lit. Ne voyez-vous pas aujour-
d'hui des roturiers qui insultent aux mânes de
Faber, des *Jean-Bart*, des *Chevert* et des *Ca-
tinat*, et leur reprochent d'avoir dédaigné de
vaines qualifications qui ne pouvaient rien ajouter

à leur gloire, ni à l'illustration de leur famille? Essayez donc de relever de tels hommes, et de les rappeler à leur céleste origine...! Ou si vous osez le tenter, ayez du moins la précaution, comme ces médecins habiles, de vous prêter à toutes les erreurs de leur imagination, jusqu'à ce que vous puissiez tuer et jeter sous leurs pieds le moucheron qu'ils repoussent sans cesse, et dont sans cesse ils se croient obsédés.

« Je brave donc pour mon père les diatribes des folliculaires salariés. Si parmi eux il peut exister un homme éclairé, celui-là sait que l'Europe et le monde entier ont plus à redouter des faux principes qu'ils sont chargés de professer, que des triomphes de l'armée française, et des succès de son illustre chef. La vérité survit aux hommes et à leurs passions : la postérité jugera.....

« Le prieur du Saint-Bernard se hâta de me soustraire aux regards et à la curiosité de ses religieux; et après un entretien où je lui expliquai du mieux que je le pus un événement incompréhensible, il me conduisit au chœur de son église, et daigna joindre sa prière aux actions de grâces que je m'empressai de rendre à Dieu.

« Près de sortir de cette chapelle, j'aperçus un tronc destiné à recueillir les charités des voyageurs. Un sentiment secret et douloureux vint affliger mon âme, dans la persuasion où j'étais

que je n'avais aucun moyen d'acquitter la dette
que me faisait contracter l'accueil de ces bons
chanoines. » — « Mon fils, me dit le prieur qui
devina mon embarras, Dieu qui vous protége,
n'aura rien fait à demi. Satisfaites au devoir de la
reconnaissance. » — « Je mis aussitôt la main à la
poche, et je trouvai une poignée de pièces d'or
à l'effigie de mon père. J'en portai une à mes
lèvres, et j'eus le bonheur de pouvoir remplir le
tronc des pauvres.

« Une sensation bien différente m'était réservée
dans ce lieu de prière et de recueillement. Mon
guide vénérable appela mes regards vers ma
gauche, sur un *mausolée en marbre blanc*. Je fus
il est vrai choqué de la nudité de deux jeunes
hommes placés debout, en bas-relief, dans l'en-
cadrement du monument, et ayant une urne ren-
versée, attribut des rivières et des fleuves. Mais
je fus frappé de la pureté de l'exécution de tout
ce tableau dont le premier plan est rempli par
un homme expirant que soutient un officier de
hussards français richement vêtu, et par un
hussard qui garde un cheval pompeusement ca-
paraçonné. J'admirais les détails de ce beau travail, et je demandai au prieur si l'artiste avait
voulu célébrer l'humanité de quelque officier qui,
dans les gorges des Alpes, avait secouru un voyageur blessé, et si les deux versans des montagnes

n'étaient pas là représentés par les sources de l'Isère et du Pô, ou par celles du Rhône et de la Doire. Le bon religieux sourit de mon erreur, en m'assurant que beaucoup de voyageurs avaient été aussi embarrassés que moi pour deviner ce poëme. Il m'apprit que là était le tombeau de *Desaix*, et que c'était le moment de sa mort glorieuse qui avait servi de programme au sculpteur. Je m'indignai de voir, dans un tel monument, tout sacrifié aux formes et à l'habillement de l'aide-de-camp, un hussard qui tourne le dos à son général mourant, un cheval insensible à la perte de son bon maître, et rien enfin qui indiquât l'illustre guerrier accouru de l'Egypte où ses vertus lui avaient mérité le surnom de *Sultan-Juste*, pour seconder si puissamment son général et son ami, le vainqueur de *Marengo*. Je fus humilié qu'au milieu de tant de récits dont mes oreilles avaient été frappées, on n'eût point parlé du monument que j'avais alors sous les yeux, et que *Desaix* ne me fût encore connu que par une statue presque cynique, et par un cippe mesquin que la reconnaissance de quelques particuliers voulut élever à celui dont la gloire est une propriété nationale.

— « Mon fils, me dit le vénérable supérieur de l'hospice, votre indignation fait l'éloge de votre cœur. Ceux que votre père chargea de l'érection de ce monument n'avaient pas sa grande âme.

N'oubliez jamais que la plus sûre garantie de la gloire est de savoir en partager l'éclat avec ceux qui nous ont aidés à l'acquérir. Les grands noms ne peuvent parvenir sans cortége jusqu'à la postérité : la sagesse consiste à bien choisir les compagnons de ce grand voyage. »

« Renfermé avec ce saint homme, je parcourus avidement le petit *médailler* qu'il me montra. Les médailles et les bronzes qui le composent ont été extraits des ruines aujourd'hui imperceptibles d'un ancien temple de *Jupiter*, construit près du sentier qui borde le lac, et de la fontaine qui séparait le duché d'*Aoste* de la seigneurie du *Valais*. Comme les hommes les plus sages ont leurs préjugés, comme les religieux les plus humbles aspirent aussi à propager des souvenirs glorieux, je me gardai bien de contredire l'assurance que l'on me donna qu'Annibal avait traversé le grand Saint-Bernard. Hélas ! ce qui ne peut être révoqué en doute, c'est qu'il pénétra en Italie par des routes jusqu'alors inaccessibles, qu'il y remporta une infinité de victoires, qu'il réduisit à la plus grande détresse le peuple qui devait asservir l'univers, que la jalousie et la trahison mirent un terme à ses triomphes, qu'il combattit vainement pour l'indépendance de sa patrie presque sous les murs de sa capitale, que les vainqueurs eurent le talent de le faire proscrire par des concitoyens ingrats

qui ne pouvaient trouver de refuge que dans son
génie et dans son courage, et qu'il alla expirer
au loin sous le poids importun de sa réputation
et de sa gloire. Voilà ce que les folliculaires de
Carthage n'ont pu dérober au burin de l'histoire
et à l'admiration de la postérité.

« Mais ce que je croyais sans efforts, et ce que
j'écoutais avec un respect religieux, c'était le récit
détaillé du mémorable passage de l'armée française, au mois de mai de la dernière année du
dix-huitième siècle. Ce qu'Annibal n'eût jamais
tenté avec des Carthaginois, une artillerie formi-
dable franchit ces monts que le simple voyageur
n'aborde qu'en frémissant d'horreur et de crainte.
Ces bouches d'airain que, dans les plaines les plus
unies, les coursiers les plus vigoureux ne traînent
qu'avec effort, sont montées par des soldats
français jusqu'au sommet des Alpes, au milieu
des précipices, et par des sentiers que la neige ne
permet pas même de deviner ; et les mêmes bras
les descendent avec des dangers plus imminens
encore. Les récompenses promises sont apportées,
mais ces braves les repoussent ; la gloire est le
seul salaire qu'ils ambitionnent : ils sont payés...
Quelle nation !

« Ce dont ne me parlait pas le modeste supérieur,
et ce que je devinai facilement par tout ce qui
se passait sous mes yeux, c'était le zèle attentif

des religieux à guider ; à soutenir, à nourrir, à panser tant de militaires qui courraient affronter la mort, et dont plusieurs la devaient trouver sur un lit de lauriers. On ne peut aborder cet hospice sans se trouver pénétré de respect et de reconnaissance. Cet asile du malheur, ce refuge du voyageur égaré, transi, affamé, est le sanctuaire du courage et de la vertu ; c'est le temple de la charité chrétienne.

« Il me tardait néanmoins de m'arracher à la conversation de mon hôte qui me reconduisit jusqu'à la *place Vendôme;* c'est ainsi que, dans leur innocent badinage, ces cénobites nomment un abri exposé au midi, et sur lequel ils vont jouir des rayons du soleil qui leur apparaît une demi-heure, certains jours de l'année. Cette place, du moins, n'offre au vandalisme et à l'esclavage aucun monument sur lequel ils puissent à l'envi porter leurs mains criminelles.

« Je ne quittai point le respectable supérieur sans qu'il me serrât tendrement dans ses bras, et sans qu'il me souhaitât un voyage heureux. Je recueillis ses larmes et ses adieux avec reconnaissance ; il n'est point de provisions plus précieuses pour un pélerin que les vœux formés par la bienfaisance et par la religion.

« Suivi et caressé jusqu'au bas de la montagne par un de ces dogues énormes qui partagent les veilles et les travaux de leurs maîtres pour le salut des voyageurs, je m'approchai de la ville d'*Aoste* où je ne fus aperçu par personne, et où je vis des curieux disserter sur un *arc de triomphe* que les habitans ont enrichi d'une *croix de bois* et déshonoré par un toit de tuiles. Je supposai qu'un pays où mon père avait régné, et où je pouvais rester invisible, était tout dévoué au roi de Sardaigne, son ancien maître. Je fus désabusé par tout ce que j'entendis autour de moi. On maudissait un prince qui paraissait être accouru bien plus pour châtier des coupables et immoler des victimes, que pour régner sur des sujets. Chacun supputait ce qu'il allait lui en coûter pour l'entretien de vieux courtisans inutiles et ridicules, pour le paiement des dîmes, des droits féodaux, et pour le rétablissement des couvens supprimés..... Le *baudet* commençait à s'apercevoir qu'il était possible de lui faire porter *double charge et double bât;* et ces montagnards, comme l'âne de la fable, trouvaient que *leur véritable ennemi était toujours leur dernier maître.* L'affection de tels gens, *engoîtrés* au moral comme au physique, n'était pas de nature à faire naître aucun regret dans un cœur qui avait à pleurer sur la perte des peuples de la France, de la Belgique, du Piémont et de l'Italie. Je sais, au surplus, que si j'avais pu remonter dans les vallées du petit

Saint-Bernard et du Mont-Rose, le petit Pélerin n'aurait point été invisible pour tous les
habitans de ces contrées fertiles et laborieuses.

« J'appris cette dernière particularité d'un
seigneur piémontais, dont je fus aperçu et accueilli à peu de distance d'un bourg que je venais
de passer, et qu'on nommé *Châtillon*.

« Je n'avais pu résister au plaisir de m'asseoir
sous de magnifiques châtaigniers aux pieds
desquels descend, avec un doux murmure, une
eau limpide qui serpente à travers des gazons
d'une fraîcheur vraiment enchanteresse. Le voyageur qui n'est pas séduit par ces beaux lieux ne
sera jamais sensible aux charmes de la nature.
Là rien ne pouvait troubler les méditations du
sage. Aucune habitation ne laisse à redouter la
proximité des hommes au malheureux qui aurait
à s'en plaindre. Une foule de canaux ayant tous
des niveaux différens, coulent les uns au-dessus
des autres, et vont, sans se nuire, par diverses
routes, enrichir les prairies de leurs industrieux
créateurs. Modèles simples, et pourtant admirables, que peut-être un jour suivront les hommes
et les peuples, lorsqu'ils seront sagement dirigés.

« Le spectacle ravissant dont je jouissais,
m'avait fait naître ces réflexions et ces vœux,
lorsqu'une voiture s'arrêta sur la route. J'avais
été aperçu des deux voyageurs qu'elle renfermait,

et tous deux, étant descendus, venaient à moi avec empressement.

« Le premier était de l'une de ces familles illustres du Piémont, dont l'origine se confondait avec celle des comtes de *Maurienne* et de *Savoie* que les empereurs d'Allemagne avaient favorisée aux dépens de plusieurs branches aînées.

« M. le comte de *V.....* était accompagné du lord *Seym...*, comte de *Hertf...* Tous deux ils venaient de prendre les bains de *Saint-Didier* et les eaux de *Cour-Majeur*, au pied du petit Saint-Bernard et des glaciers éternels de l'*Allée-Blanche*. J'étais visible pour eux, parce que l'un et l'autre étaient du nombre des admirateurs réfléchis de *Napoléon*. Il me fallut monter dans la voiture du comte, après toutefois qu'ils eurent partagé mes jouissances, mon enthousiasme et jusqu'à mes réflexions à l'occasion de la vallée de *Saint-Vincent* où je m'étais arrêté. Le lord riait de mes vœux qu'il appelait de beaux rêves, et paraissait trop peu estimer les gouvernés et les gouvernans pour croire que jamais de tels vœux pussent être réalisés.

« Vous devinez que le comte de *V.....* et le pair du parlement de la Grande-Bretagne ne me laissèrent de repos qu'après avoir obtenu de moi le récit de mes aventures. Le lord qui ne croyait point aux miracles, et le comte qui s'efforçait de paraître incrédule, ayant sous les yeux la preuve d'un fait qu'ils convenaient être très-merveilleux, cherchaient à l'expliquer et interrogeaient pour y parvenir l'histoire de tous les siècles et de toutes les nations. Ils passèrent en revue les bons anges et les mauvais démons, les spectres et les génies, les animaux subitement doués de la parole et qui en abusèrent bien moins que les hommes, les anges d'*Abraham*, de *Lot*, de *Tobie*, l'ombre de *Samuel*, et la main qui grave cette sentence terrible aux yeux du sensuel Balthassar : *Mane-Thecel-Pharès*, pour lui indiquer (comme à tant d'autres qui s'obstinent à ne le point comprendre), que les jours de son règne sont comptés ; que, placé dans la balance, il s'est trouvé trop léger ; que son empire va devenir la proie des Perses et des Mèdes, des Scythes et des Sarmates. Ils parlèrent des anges *Michel*, *Raphaël* et *Gabriel*, et ils furent forcés de convenir qu'il fallait absolument respecter toutes les merveilles que la Bible affirme, ou déclarer que la religion chrétienne n'est fondée que sur des fables absurdes qui, la corrompant dès son origine, la rendent indigne des hommages d'un homme de bon sens. Ni l'un ni l'autre ne voulait prononcer un tel blasphème. Ils convinrent donc que ce que Dieu avait renouvelé tant de fois chez un peuple dur et matériel qu'il savait devoir un jour immoler son propre fils, et renoncer à l'héritage qu'il lui avait réservé de toute éternité, il pouvait le permettre chez des nations endurcies, à une époque où la foi, partout ébranlée, semblait avoir besoin de moyens extraordinaires pour se raffermir, et où tant d'autres merveilles avaient frappé la terre d'étonnement et de stupeur. Il ne fut pas nécessaire de recourir à la nymphe *Egérie*, au bon génie de *Socrate* et de plusieurs illustres Romains, aux entretiens de *Mahomet* avec la lune, aux stygmates de *Saint-François*, au spectre de *Charles VI*, ni aux gouttes de sang qu'effaçait en vain, et que voyait toujours reparaître le bon *Henri*, roi de Navarre, sur la table de jeu, trois jours avant les massacres de la Saint-Barthélemi.

« Deux esprits forts consentoient à voir, dans un enfant de quatre ans, un être spécialement protégé par la Providence; et une fois décidés à croire, ils ne révoquaient point en doute l'apparition du *paysan vêtu de rouge* qui, trois fois, au su de toute la cour, avait pénétré dans le cabinet de mon père, et qui lui avait révélé des choses qu'il ne lui est point encore permis de faire connaître.

« Cet entretien, que je ne fais qu'indiquer ici, nous avait conduits bien au délà de la petite ville de *Verrès*, lorsque quatre brigands, se présentant à la fois aux deux portières de la voiture et près du postillon , contraignirent le comte et le lord de descendre et de laisser fouiller leur équipage. On ne paraissait d'abord avoir d'autre dessein que celui de voler; mais les menaces hautement répétées par le lord *Seym...*, et surtout l'indiscrétion du comte de *V....* qui nomma l'un de ces bandits qu'il reconnaissait pour avoir servi dans le régiment de *Montferrat*, firent sur-le-champ prononcer leur arrêt de mort. Les misérables résolurent de se rendre, avec leur proie, à un demi-mille de là, sur la même route et le long d'un parapet élevé sur la droite pour défendre le terrain des invasions de la Doire qui forme un coude vers ce point où on la dit très-profonde. Comme le comte de *V.....*, dans les premiers momens de l'attaque, avait parlé de la vache placée sur sa voiture, les brigands se proposaient de donner une attention particulière à ce qu'elle contenait; et pour plus grande sûreté, ils avaient fortement attaché le comte et le lord l'un avec l'autre.

« Je n'étais point spectateur oisif de cette scène déplorable. Profitant de la faculté que j'avais de ne pouvoir être aperçu et entendu que par les deux voyageurs, et d'entendre seul ce qu'ils avaient à me dire, je songeais à faire usage de tous les moyens de défense dont je pouvais disposer.

« J'avais d'abord caché sous mon manteau deux

pistolets chargés et bien amorcés que le lord
avait laissé négligemment placer sous les coussins
de la voiture, et qu'il venait de m'indiquer.

« Arrivés près du parapet, nos voleurs firent
asseoir mes deux *amis* (rien n'unit comme le
malheur) sur un tronc d'arbre renversé. Deux
d'entre eux montèrent sur le petit mur, un autre
sur la roue gauche de la voiture, et là ils s'empres-
sèrent de déboucler les courroies de la vache, et
s'efforcèrent de la soulever pour la descendre.
Elle ne contenait que des minéraux que l'Anglais
avait recueillis de la complaisance des proprié-
taires des mines nombreuses qu'on exploite dans
les hautes vallées qu'il venait de parcourir. Je
saisis ce moment favorable, et étant monté moi-
même derrière la voiture, je poussai la vache
avec un si grand effort contre la poitrine des deux
voleurs placés sur le parapet, qu'elle les entraîna
avec elle dans le torrent. Sur-le-champ, je fis
sauter la cervelle de celui que j'avais à ma gauche,
et le brigand qui tenait attachés mes voyageurs
et leur postillon, vit aussitôt sur sa poitrine un
pistolet sans apercevoir la main qui l'en menaçait.

« Le malheureux se précipite à genoux, im-
plore Dieu, la Vierge et les Saints, jure de se
convertir, et obtient de nous la vie, non sans
regarder l'Anglais comme un sorcier.

« A son grand étonnement, je déliai les prisonniers qu'il aida à remonter en voiture, et le lord, en partant, lui dit d'un ton solennel : Songe à ce que tu as promis.

« Cet événement nous avait beaucoup retardés; les approches d'une mort si inutile et si peu glorieuse avaient fatigué l'imagination du comte et du Lord; ils convinrent de passer la nuit au bourg de *Bard*, malgré que ce lieu offrît bien peu de ressources pour des voyageurs de cette qualité. Le lord finit par s'applaudir d'une catastrophe qui lui procurait l'occasion de visiter en détail les environs de *Bard*, où l'armée française avait tourné une position que les rois de Sardaigne avaient toujours considérée comme un rempart inexpugnable.

« En effet, le lendemain de très-grand matin nous étions à la découverte du sentier qui, sur la gauche, conduit au sommet du rocher d'*Albaredo*. Ce rocher, sur lequel les chevaux même de l'armée sont parvenus, avait de tout temps été regardé comme innaccessible. Il jouirait encore de la même réputation, si Bonaparte et les soldats français n'avaient pas eu besoin de le franchir pour dominer le fort de *Bard*, et pour faire capituler la garnison.

« Le comte de *V...*, qui nous servait de guide, était venu plusieurs fois étudier ce terrain : il nous détaillait l'adresse, l'intrépidité, le triomphe

3 *

des assaillans, avec une chaleur qu'il attribuait à son admiration que quatorze années écoulées n'avaient pu refroidir. Je vis, je baisai la roche où mon père, exténué de fatigue et de chaleur, succomba au sommeil, pendant que son armée défilait en silence devant lui, et sur un pic trop élevé pour que les canons du fort pussent être dirigés contre elle. Les soldats de la garnison étaient alors comme ces tourterelles qui, plaçant leurs nids sur les arbres les plus hauts, et croyant avoir mis leurs familles hors de toute atteinte, aperçoivent tout à coup dans les nuages l'aigle terrible prêt à fondre sur elles, et à leur prouver combien sont vaines les précautions que l'on croit prendre contre la force et la puissance.

« De retour à *Bard* et au moment où nous allions monter en voiture, nous vîmes porter un cadavre à visage découvert, suivant l'usage de ce pays. C'était le fils d'un forgeron de *Bard*, que l'on disait avoir été volé la veille et jeté par des assassins dans la Doire. Nous reconnûmes l'un de ceux qu'en effet j'y avais précipités, et le comte de *V*.... prenait la parole pour éclairer tout ce peuple sur le trépas de ce misérable que l'on plaignait. Le lord se hâta de lui imposer silence, et de l'entraîner à la voiture. « Que prétendez-vous faire, lui dit-il? Voulez-vous nous faire assassiner une seconde fois? Cette populace croira-t-elle des passans, au détriment d'une famille qui a peut-être ici autant de cousins qu'il y a d'habitans? Et quand vous réussiriez à les tirer de leur erreur, ces gens valent-ils la peine que vous prendriez pour les détromper? Laissez leur honorer le corps de ce brigand; ils outragent si souvent l'innocence, le courage et la vertu, que je contemple avec plaisir cette espèce de compensation. Je ne désespère pas, si je repasse ici dans quelques années, de voir ce saint placé dans le catalogue, et *Bard* célébrer la fête d'un nouveau martyr. C'est une jouissance que vous préparez à un bon Anglican, et dont je vous saurai un gré infini. »

« Il prit de-là son texte pour débiter mille lieux communs sur la superstition; il s'applaudissait beaucoup de supposer qu'un jour, par une dévotion bien entendue, les voyageurs feraient brûler des cierges devant l'autel du saint voleur qui avait entraîné avec lui ses minéraux dans la rivière.

« M. le comte de *V....* qui trouvait que le lord portait beaucoup trop loin son burlesque présage, l'interrompit pour lui faire remarquer après *Donas*, la porte taillée dans le roc, et sous laquelle nous allions passer. Sur le même roc sont gravée une *colonne milliaire* des Romains, et incrustée une *image de la Vierge*, ouvrage qui n'est pas du même peuple. Nous quittions alors le lourd duché d'Aoste pour entrer dans le spirituel pays des Piémontais. Ces deux contrées, réunies sous un même maître, se détestent cordialement; et le souverain qui ne distingue point dans ses coffres les tributs levés sur l'une et sur l'autre, s'inquiète fort peu de cette antipathie.

« Avant que de gravir le rocher qui défendait autrefois l'approche d'Ivrée, le comte de *V*.... nous montra, sur notre gauche, le château antique et ruiné des illustres *Valaise*. Le maître de ce castel, homme sage, spirituel et modéré, avait rempli honorablement le poste d'ambassadeur en Russie, et depuis il n'avait sollicité aucun emploi : l'opinion publique l'appelait alors au ministère. Les paysans des environs ne doutaient pas que dans les vieux murs crénelés de *Montalto*, le diable n'eût caché un trésor; et il était souvent arrivé aux plus rusés de fustiger très-vigoureusement ceux qui, aimant mieux être garantis de l'indigence par le démon que par le travail, venaient chercher fortune dans ces décombres.

« *Ivrée*, où commence le magnifique canal *del Borgo* qui va arroser les rizières du *Vercellais*, n'avait rien qui pût piquer la curiosité du noble lord, si ce n'est une galerie formée par un comte

Péron, ministre éclairé de l'un des derniers rois de Sardaigne. On montre le berceau de cette nouvelle famille dans les ateliers d'une belle mine de cuivre dont elle se trouve aujourd'hui propriétaire, près d'Aoste. Le ministre s'occupait peu de voiler cette origine : ses enfans la repoussent aujourd'hui; et l'on ne peut les en blâmer, puisqu'il est bien reconnu que tout ce qui ne provient que de l'activité, du courage et de la vertu, n'a qu'une source ignoble et méprisable. Il leur faut encore combattre les préventions fondées sur les services rendus dans la maison de ma mère, et ils y travaillent très-vivement. Le lord observait à cet égard que la religion des catholiques se prêtait merveilleusement à ces sortes de reviremens qui étonnent toujours le vulgaire. Un courtisan va se jeter aux pieds du nouveau maître; là, comme dans un confessionnal, il abjure son erreur, il déteste ses péchés, il promet un dévouement sans bornes. Le prince, accoutumé aux transactions faciles du tribunal de la pénitence, est flatté du rôle sublime de confesseur; il ne peut se montrer ni plus implacable, ni moins confiant que son propre directeur qui lui pardonne chaque jour ses turpitudes de la veille, et il s'applaudit de remettre des fautes avouées, en imposant de légères expiations. Le pénitent reparaît aussitôt tête levée. Régénéré par le pardon du souverain, il écrase et ses anciens complices et ses nouveaux concurrens, et il apprend de ses prêtres qu'il suffit de changer la couleur de ses ornemens, et que c'est toujours honorer Dieu que de chanter les louanges du saint du jour.

« Malheur à ceux qui fidèles au précepte de l'Évangile ne savent qu'obéir aux puissances, et dont la bouche, comme celle de la prêtresse *Théano*, ne peut prononcer de malédictions ! Ces généreux caractères sont destinés à être froissés sous tous les gouvernemens ; car ce ne sont pas des sujets fidèles et soumis qu'on recherche le plus, mais des flatteurs corrompus, des cœurs gangrenés, et des noms pour toujours compromis.

« C'était dans la galerie *Péron* que notre lord se livrait à cette espèce d'imprécation, et il était peu distrait par la vue des meubles, des armes, des instrumens de musique, des costumes des Chinois, qu'il avait sous les yeux. Outre que cette collection se ressentait du ravage du temps et du passage de quelques généraux allemands, le lord en connaissait de beaucoup plus complètes en Angleterre.

« Le comte de *V*.... voulut que nous visitassions un tombeau rejeté sous le vestibule de la cathédrale, et que l'on disait appartenir à un ancien proconsul *d'Hyporedia*, que, sans aucun doute, cette colonie traita mieux pendant l'exercice de son autorité, qu'elle ne le traite actuellement après sa mort.

« Ce monument n'offre rien de curieux ; mais le lord, en apercevant sur la pierre un *aigle* très-bien conservé, dit en riant au comte : « Mon ami, dénoncez ce terrible oiseau au roi de Sardaigne. Il tombe, dit-on, en syncope au mot d'*aigle*, et il va faire détruire toutes les *aires* dans la partie des Alpes sur laquelle il revient régner : les marmottes alors pourront dormir d'un sommeil plus tranquille ». Le comte ne se croyait pas en mesure de répondre aux trop libres interpellations du noble insulaire, et nous nous retirions lorsque nous vîmes l'évêque sortir de l'église avec plusieurs de ses chanoines. Aucun de ces derniers ne m'aperçut ; mais le prélat qui s'était arrêté avec le comte son ami, me découvrit facilement. Il fallut le suivre jusque chez lui, le mettre au fait de mes aventures, et ne le quitter que parce que nos voyageurs redoutaient encore de nouvelles catastrophes avant d'arriver au château du comte, où ils se proposaient de coucher.

« Je devais m'attendre à être le confident des regrets de l'évêque sur le sort de mon père ; mais cet ecclésiastique, très-attaché au pape par inclination, et à son roi par devoir, ne ménagea aucunement Napoléon dans son entretien avec mes amis. Il détailla très-brièvement, mais très-énergiquement, toutes les fautes que le vulgaire, que le clergé reprochent à l'Empereur. Ce prince trouva un défenseur très-loyal dans le lord *Seym...*, qui avait accompagné les commissaires des alliés à Fontainebleau, qui avait été témoin des adieux héroïques de Napoléon à ses troupes, et qui l'avait suivi jusqu'au lieu de son embarquement. Il saisit cette occasion pour démentir une foule de contes qui furent débités par des écrivains qui vivaient encore alors des sommes qu'ils avaient arrachées à sa générosité. Le lord rendit hommage à la noble attitude du peuple français, qui voyait le sort annuller vingt années de triomphes éclatans [1], et il assura que tous les efforts des nombreux émissaires envoyés pour faire soulever les villes et insulter au malheur, ne purent trouver d'instrumens que là où des légats avaient autrefois armé des sicaires, et des chefs féroces salarié des bourreaux. « Vous allez, monseigneur, ajouta-t-il, rentrer dans la jouissance de vos dîmes et de vos droits féodaux, et je vous en fais mon compliment bien sincère, pour le temps que cela pourra durer : mais votre âme noble et généreuse pourra-

---

[1] Magna documenta instabilis fortunæ summaque et ima miscentis. (*Tac.*, Hist., lib. 4, cap. 47.)

t-elle se défendre d'un sentiment pénible en voyant cette nation française, si éclairée, si illus-tre, dépendre absolument du libre arbitre de notre gouvernement? Je ne suis pas suspect, j'ai hautement béni le jour où nous avons touché en triomphateurs le sol français; mais il y avait encore loin des bords de la Nive, et si l'on veut des rives de la Garonne à celles de la Seine, et de la prise de Tarbes à la capitulation de Paris. N'en déplaise à nos alliés épuisés et alors très-inquiets, la France, usurpée un moment par trois ou quatre anciens séminaristes, était la seule puissance en Europe qui ignorât les ressources qui lui restaient encore. Si l'Empereur, qui était mieux instruit, s'est décidé à épargner l'effusion du sang à une époque où il pouvait châtier l'ingratitude et arrê-ter la présomption, sa mémoire ne doit pas être outragée par ceux auxquels il a conservé la vie, et qui préfèrent cette vie à la gloire et à l'indépen-dance. Ils parlent de despotisme : ce n'est pas le moment d'analyser la nature des froissemens pas-sagers et inévitables dans les rouages d'une ma-chine à laquelle il avait fallu imprimer un si grand mouvement. Je ne parlerai pas non plus du genre de liberté et du trompeur oubli qui paraissent avoir succédé à la servitude; mais j'affirmerai que les Anglais auraient préféré la tyrannie tempo-raire de *Cromwel* qui dictait à l'univers l'*acte de navigation,* que l'apathie d'un prince qui se serait empressé de céder les vaisseaux de leurs ports et les canons de leurs forteresses ; et je ne doute nullement que les Romains ne se soient trouvés bien moins humiliés d'obéir au dictateur *César* qui enchaîna leur liberté qu'à l'empereur *Augustule* qui les abandonna à un vainqueur et les laissa passer sous le joug des barbares.

« Je ne m'aveugle point par les grands noms et par les grands souvenirs. Quand ils ne servent pas à soutenir le courage et à ranimer une noble émulation, ce sont d'obscures galeries de vieux portraits dont la ressemblance est effacée ; ce sont des livres en caractères gothiques que leurs possesseurs même ne savent déchiffrer. Que m'importe à moi si celui qui se dit, de la part de Dieu, chargé de me protéger, descend d'un *Comnène* ou d'un *Paléologue*, d'un *Lancastre* ou d'un *Tudor*, s'il ne peut se protéger lui-même, et s'il me faut en outre obéir non pas à la volonté de mon souverain, mais aux caprices d'un vil favori, et courber la tête sous un *Olivier-le-Dain* ou sous un *Concini*, sous un *Cinq-Mars* ou sous un *Cadenet*, sous un *Wolsey* ou sous un *Glocester* ? »

« Vous voilà bien échauffé, milord, lui dit l'évêque, et grâce à Dieu nous ne voyons rien aujourd'hui à quoi l'on puisse rapporter de telles déclamations. Les états rentrent *tous* sous leurs

maîtres légitimes qu'une révolution générale et
sans exemple avait momentanément écartés de
leurs trônes. Les rois s'occupent eux-mêmes des
arrangemens définitifs qui doivent *pour toujours*
prévenir les fléaux de la guerre. Eclairés par une
funeste expérience, ils organisent leur gouvernement et leur administration de manière à ce que
les peuples ; heureux d'une sage liberté, ne soient
plus tentés par les faux appas de la licence. »

« A merveille, monseigneur, reprit le lord;
nos journaux ministériels et les journaux de tous
les autres pays qui n'en ont plus que de vendus à
l'autorité, ne tiennent pas un autre langage, et
vous me raccommodez avec eux; car il m'est
prouvé désormais qu'on peut être vertueux et
sensible, et se persuader, malgré l'évidence, tout
ce qu'on désire.

« Mais sans parler de votre roi de Chypre et
de Jérusalem qui s'agite dans sa petite sphère
pour tâcher de l'agrandir, et qui ne voit pas ce
qu'il se prépare en proscrivant tout ce qui est
noble, instruit et généreux; sans reprocher au
pauvre *Pie VII* ses aveugles réactions et ses im-
puissans efforts pour ramener les peuples au siècle
de *Hildebrand;* sans nous occuper des extrava-
gances d'un *Ferdinand VII,* usurpateur très-
criminel du trône de son vieux père, et qui prend
à tâche de montrer jusqu'où les rois peuvent

porter l'ingratitude, soit envers leurs peuples, soit envers leurs bienfaiteurs, et braver la fatalité qui les poursuit; sans même réveiller le chef d'une grande famille qui s'endort au murmure monotone de ses vieux et imbécilles courtisans, et aux éloges soporatifs de ses journaux, qui, combattu par le sentiment de sa reconnaissance et par celui de ses devoirs, se repose sur des troncs vermoulus, au lieu de s'appuyer sur des arbres pleins de sève et de vigueur dont on lui offrait les fruits savoureux, ne voyons que nous et nos illustres alliés.

« Nous avons délivré le monde d'une puissance gigantesque qui l'opprimait ; nous avons proclamé que nous n'avions pris les armes que pour rendre aux peuples leur liberté, aux souverains leur couronne usurpée, à l'univers la paix après laquelle il soupirait vainement depuis si long-temps. Mais nous avons adroitement insinué qu'il fallait saisir cette occasion d'établir en Europe un sage équilibre, seul garant du repos général ; et voilà que pour arriver à cet heureux équilibre nous, Anglais, qui possédons dans l'Inde des richesses supérieures à toutes celles de l'Europe réunies, qui avons à nous seuls plus de vaisseaux que toutes les puissances, nous reprenons le *Hanovre* parce qu'il était à nous, la *Hollande* parce qu'elle était sous notre dépendance, la

Belgique parce qu'elle nous convient, le *Por-tugal* parce qu'il était une de nos provinces ; voilà que nous conservons celles des colonies où la culture n'est point anéantie par la révolte des noirs ; nous gardons *Malte*, les caps de *Gibraltar* et de *Bonne-Espérance*, peut-être la *Specia* nous nous faisons céder les *clefs de l'Elbe*, celles du *Sund* et des *Belts*, parce qu'il nous convient aussi d'être maîtres absolus de la navigation de l'univers ; et ici je ne parle point de nos préten-tions dans l'Amérique septentrionale, on les con-naît, et l'on connaît aussi les moyens que nous avons employés pour les réaliser. J'espère, mes-sieurs, que voilà bien des sacrifices pour obtenir un juste équilibre.

« Après avoir ainsi fait les honneurs de notre ministère qu'au surplus les vrais Anglais ne peuvent entièrement estimer, il me sera permis de parler des efforts du roi de Prusse et des em-pereurs d'Autriche et de Russie pour arriver à cet équilibre reconnu si indispensable. Dévorer la *Saxe*, la *Pologne*, l'*Italie* et toutes les prin-cipautés immédiates, ne peut que beaucoup faci-liter une si louable entreprise. Il est vrai qu'on se contentera de mettre d'abord des vice-rois à *Dresde*, à *Milan*, à *Varsovie*, comme nous le faisons nous-même à *la Haye*, à *Bruxelles*, à *Lisbonne*, et si nous le pouvons, à *Madrid*.

Les peuples seraient vraiment bien injustes s'ils n'étaient point frappés de tant de modération.

« Nous nous montrons d'ailleurs esclaves du grand principe proclamé par nous tous dans les murs de Paris : *Les peuples doivent être gouvernés suivant leur vœu;* et l'on ne doute plus que la *Pologne* ne veuille le prince *Constantin,* la *Belgique* un *Nassau* soldé par l'Angleterre, la *Lombardie* les bâtons autrichiens, les *Génois* le Roi Sarde, et surtout que la malheureuse *Saxe* proscrive son vertueux, loyal et infortuné souverain....

« Voilà pourtant, monseigneur, comme tous les ministères salariés par nous, ainsi que le sont presque tous les souverains, se jouent de la crédulité des hommes, et leur garantissent la paix en se préparant à la guerre, et en méditant de nouveaux envahissemens. Tous tant que nous sommes (et je parle ici comme si j'étais membre du fameux congrès), nous ressemblons à ces nègres révoltés contre un maître impérieux, et qui s'étant emparés de son habitation, se jettent sur sa garderobe et sur ses bijoux, se couvrent chacun à la hâte, de ses bagues et de ses vêtemens, sans ordre, sans goût, sans décence, et sans aucune autre convenance que leur caprice et le hasard. Il est à craindre qu'après ce partage grotesque ils ne s'égorgent entre eux pour diminuer le nombre des concurrens, et pour mieux

assortir chaque lot. Les nègres au moins paye-
ront de leur personne, mais les rois feront encore égorger leurs sujets............... *plectuntur
achivi*.......

« C'est donc ainsi qu'on s'occupe de rendre les
peuples à leurs chefs légitimes, et de leur assurer
une paix durable ! Quant à l'administration intérieure, ne vous en rapportez point aux phrases
des folliculaires, mais voyagez comme moi; voyez
partout la méfiance et l'inquiétude, l'abattement
et le désespoir fomentés, justifiés par l'arro-
gance, le despotisme et l'ignorance absolue des
nouveaux administrateurs; voyez les réactions
qu'ils protègent, les assassinats, les incendies
qu'ils tolèrent, les coalitions armées qu'ils encou-
ragent. Toutes les idées se renversent, tous les
sentimens se dégradent; les soldats sont des brigands, les déserteurs sont des héros : celui qui
a versé son sang pour sa patrie mérite l'écha-
faud; celui qui a torturé et massacré les voyageurs, les femmes et les enfans reçoit des lettres
de noblesse. On repousse les instances du guerrier mutilé qui sollicite une décoration que l'on
donne à celui qui dételle des chevaux de poste,
qui traîne une voiture ou qui viole le secret des
lettres. Ah ! puisque le ministère anglais est aujourd'hui maître absolu de tous les cabinets, je
ne lui pardonne pas cet affreux abus de son

influence, et du moins je vais remplir mon devoir en tonnant contre lui dans le parlement. »

« Il fallait partir, et cesser un entretien qui ne changeait en rien la face des choses. Nous quittâmes ce bon évêque qui avait conçu une grande admiration pour l'Empereur pendant le Concile de Paris, mais qui ne lui pardonnait pas ce qu'il appelait des envahissemens. Il me bénit, comme à *Pignerol* il avait béni, accueilli et soigné, sans distinction d'uniformes, tous les militaires blessés et les prisonniers de toutes nations. C'était ainsi que *Fénélon*, à l'époque d'une guerre désastreuse, ouvrait son palais, ses granges, ses trésors, hélas ! toujours insuffisans, aux soldats français, anglais, autrichiens, et se conciliait, au milieu des camps, la vénération de Malborough et du prince Eugène.

« Je désirais me rendre à *Turin*, pour me diriger ensuite, par *Asti*, vers *Alexandrie*; mais j'éprouvai une douce violence de la part de mes compagnons de voyage, et il fallut leur obéir. Le comte nous entraîna dans son vieux château dont son affabilité nous déguisa les ruines, au pied desquelles la Doire semble venir rendre hommage aux anciens seigneurs du *Cánavès*, et d'où l'on découvre jusqu'aux plaines du *Tésin*, au-delà de *Novare*.

Le comte de *V*.... avait un projet qu'il mit à

exécution dès le lendemain ; nous fûmes obligés de remonter avec lui les montagnes du *Biellais*, et de visiter la fameuse *Madona d'Oropa*. C'est ce qu'on nomme dans le pays un *sanctuaire* où les peuples se rendent en pélerinage, les uns par dévotion, les autres par curiosité, les jeunes gens par plaisir, les fainéans par intérêt. Des Bénédictins s'y établirent, vers le onzième siècle, près d'un rocher où l'on venait de découvrir miraculeusement une statue de N. D. entièrement semblable à celle de N. D. de Lorette. L'église, bâtie par le même architecte qui avait construit l'Escurial, près de Madrid, a dans son centre l'ancienne chapelle où est placée la *Madone* richement ornée par les fidèles. Les bâtimens qui l'environnent sont immenses et majestueux ; trois mille personnes peuvent à la fois y trouver un abri sûr et commode.

« On y monte, de *Bielle*, par un très-beau chemin pratiqué à travers des rochers presque inaccessibles, et qui se termine par une avenue de beaux arbres et une esplanade magnifique.

« Les voyageurs aisés sont fort bien servis pour leur argent ; les pauvres y sont secourus gratuitement. Beaucoup n'ont pas d'autre métier, dans la belle saison, que de se transporter de la Madona-d'Oropa au sanctuaire de Gradisca, et de

4*

ce dernier sanctuaire, consacré à la même *Madona*, au Mont-d'Oropa.

« En mangeant les belles truites qu'on servit aux deux voyageurs (car est-il nécessaire de vous dire que je n'ai besoin d'aucune nourriture, tant que doit durer mon pélerinage?), le lord gémissait encore sur la superstition des hommes, lorsqu'il aperçut dans les cours, occupé à prier et à manger, le dernier de nos voleurs, auquel il avait si énergiquement recommandé de *songer à ce qu'il promettait*. Ni le lord ni le comte ne voulurent humilier cet homme en se montrant à lui ; mais nous eûmes lieu de croire que ce nouveau converti se bornerait, au moins jusqu'à l'hiver, à aller demander la soupe, le pain, le fromage, le vin, et un abri de sanctuaire en sanctuaire, et d'expier, ainsi doucement, les crimes qu'il avait pu commettre.

« J'insistais toujours pour me diriger vers Turin ; mais le lord, par ses argumens, et le comte, par son silence, m'en dissuadèrent. «Que pourriez-vous gagner là, me dit le premier? Le peuple y sommeille, la vertu y gémit, les sciences y meurent de faim. Vouz n'y verriez que des ministres muets, sourds et aveugles, des gens d'honneur exaspérés, des moines occupés de leur capuce, des familles qu'ils divisent et des biens qu'ils veulent usurper.

Laissez-là cette triste capitale que convoite votre grand-père, qui ne veut joindre Gênes aux états du roi de Sardaigne, que pour voir bientôt la maison d'Autriche, héritière de ce prince, maîtresse d'un beau port dans la *Méditerranée*, comme elle en possède déjà plusieurs dans l'*Adriatique*. On ne saurait trop multiplier les occasions de guerroyer ; rien n'assure, comme les guerres, le despotisme des princes et la soumission des peuples. »

« Je renonçai donc à mon premier itinéraire, et je quittai mes deux amis dont l'un réjoignit sa solitude et l'autre partit pour Londres, où le prince de Galles venait de convoquer le parlement.

« Après avoir traversé *Verceil* et *Novarre*, j'étais arrivé à *Milan* où je me proposais de m'arrêter, et de faire une excursion jusqu'à Venise, mais je fus bientôt obligé de changer de projet.

« Je ne pus paraître dans les rues de Milan sans être aperçu et reconnu presque par la population toute entière. Ma présence occasionna un mouvement qu'il m'était impossible de prévoir et d'empêcher, et il en résulta, de la part du gouverneur, un acte de barbarie dont vous connaîtrez les détails, mais dont je vous prie de me dispenser de vous faire le récit.

« Est-il possible que des généraux qui ont une

réputation à conserver puissent se porter à de tels excès, et que l'on croie servir un maître en lui aliénant ainsi le cœur de tous ses sujets? En vérité, les souverains ainsi trompés sont presque aussi à plaindre que les peuples qu'on égorge en leur nom!

« Je crus donc devoir, par humanité, m'éloigner des pays soumis à l'autorité de ce même gouverneur; et je me rendais à Pavie, lorsque j'ai fait la rencontre de ce brave capitaine dans la grande Chartreuse.

« Je me dirigerai sur *Plaisance* et sur *Parme* où l'on n'aura point à punir ceux qui me reconnaîtront, du moins si ces duchés appartiennent encore à ma mère au moment où j'y arriverai ; car d'un instant à un autre on peut changer de politique, et les peuples, selon l'or placé dans telle ou telle main, sont souvent obligés de maudir aujourd'hui celui qu'on les contraignait d'honorer hier.

« Ce sera en courant des chances semblables, que je traverserai ensuite la Toscane pour m'embarquer sur la première felouque que je trouverai destinée pour *Porto-Ferrajo* où peut-être jouirai-je encore du bonheur d'être embrassé par mon père. »

Le professeur de Pavie et la famille du capitaine avaient écouté ce récit avec un grand intérêt. Le vétéran était dans l'enthousiasme, et il se promettait un avenir plus heureux d'une marque si évidente de la protection du ciel en faveur du jeune Pélerin. Le savant, plus timide que ce militaire, sans porter moins de tendresse au jeune duc, n'osait encore rien augurer qui pût tourner à l'avantage de l'Empereur.

Il convenait que la main de Dieu se montrait visiblement dans tout ceci. Mais il y avait près de vingt années qu'elle s'était montrée avec la même évidence en faveur d'un héros qui, peut-être, avait trop vu la fortune du paganisme dans une longue suite de prospérités qu'il ne devait attribuer qu'au Dieu des Chrétiens. Il allait jusqu'à penser que la sollicitude de la Providence, à l'égard du jeune Pélerin, était un langage très-intelligible pour son père auquel cette Providence voulait démontrer à quelle hauteur elle s'était proposée de l'élever et de le soutenir, s'il eût secondé ses desseins par une modération qu'elle avait pris soin de lui conseiller à diverses reprises.

Ce philosophe voyait dans tous les anciens partisans de Napoléon, et même dans l'amour que lui conservaient encore un grand nombre de militaires, ce juste hommage rendu à ses éminentes qualités, cette habitude d'admirer ce qui est au-dessus de tout éloge, cette reconnaissance loyale pour des bienfaits réels, et même pour des promesses séduisantes; mais il n'y découvrait pas de dispositions à faire d'un souverain un simple chef de parti, et à remettre à de nouveaux combats la décision d'une grande question qu'il semblait avoir résolue en abdiquant ses couronnes si glorieusement portées jusqu'alors.

Il est vrai que tous les souverains, rétablis sur leurs trônes par par sa retraite inespérée, se conduisaient de manière à le faire regretter, et que l'ivresse du pouvoir les aveuglait; mais on devait s'attendre qu'un moment de réflexion leur ouvrirait les yeux, et qu'enfin ils se persuaderaient qu'il ne leur est pas donné de faire rétrograder leur siècle, comme il a été refusé à Napoléon de faire avancer le sien. Il a cru les hommes d'une force proportionnée à la sienne; les Français n'avaient que sa force militaire; sous les autres rapports ils s'étaient usés par vingt ans de divisions intestines, et par le suplice de tous leurs hommes de courage et de génie. Leur énergie ne peut renaître que du despotisme arrogant des ministres, de la morgue imbécile de leurs princes, et des prétentions sanguinaires d'une poignée d'anciens révoltés auxquels les précédens gouvernemens ont fait grâce de la vie.

Comme le pélerinage du *duc de Parme et de Plaisance* n'avait pour but que son instruction personnelle, ce jeune prince écoutait avec une grande attention les raisonnemens sévères du professeur; il regrettait intérieurement que son père n'eût point approché de lui de tels conseillers, et il faisait vœu d'en chercher de pareils, si jamais la Providence lui donnait des peuples à gouverner.

Il voulut que ses hôtes allassent prendre un repos qui ne lui était pas nécessaire; et il passa cette nuit à méditer sur les devoirs de la souveraineté et sur la viscissitude des événemens humains.

L'aurore était venue tirer le petit *Pélerin* de ses réflexions. Les premiers rayons du soleil l'avaient trouvé à genoux, et offrant à Dieu sa prière et ses larmes. Il oubliait d'intercéder pour lui-même, et tous ses vœux étaient pour son père, pour cette princesse vertueuse et angélique dont il avait reçu le jour. Sans avoir jamais lu l'histoire attendrissante du saint homme de la terre de *Hus*, ce jeune prince trouvait dans son cœur et dans sa piété les sentimens d'une même résignation. Il reconnaissait, comme *Job*, que c'est la main de Dieu qui donne et qui retire les biens de la terre, qui éprouve ses serviteurs comme l'or par le feu, qui abaisse ceux qui veulent s'élever, qui élève les humbles qui veulent s'abaisser; et la bouche de cet enfant bénissait le saint nom de l'Éternel.

Ce fut dans cette dévote posture que le petit *Pélerin* fut surpris par ses hôtes dont aucun chambellan ne vint repousser la visite et les hommages.

« Allons, Prince, lui dit l'estimable professeur *Res... Adeod....*, reprenez le cours de votre merveilleux pélerinage. Nous ne pouvons douter de la protection spéciale dont vous honore la Providence : allez remplir vos destinées; elles ne peuvent manquer d'être heureuses, si vous continuez à honorer Dieu et à cultiver la vertu.... »

Le Prince qui se sentait pénétré d'estime et d'attachement pour un sage qui lui faisait ainsi sa cour, se disposait à prendre congé de l'épouse du capitaine et de toute cette bonne famille; lorsque le vétéran proposa de retourner à la Chartreuse avant de se séparer. Le jeune *Pélerin* n'avait rien à refuser à ces dignes amis, et toute cette petite colonie accompagna le duc au pied des autels.

Par délicatesse, le professeur n'appelait point les regards du petit *Pélerin* sur la fécondité des terrains qu'ils traversaient, et dont il avait perdu la souveraineté future par l'abdication de son père. Mais le Prince admirait ces richesses, et son cœur ne lisait dans ce magnifique spectacle que le bonheur dont devaient jouir les habitans de ces belles contrées, partout où l'autorité ne contrariait point la nature.

Après un nouvel hommage rendu dans ce temple au maître des peuples et des rois, le professeur fit remarquer au Prince le lieu où les Espagnols avaient élevé une colonne couverte d'une inscription fastueuse, pour éterniser le sou-venir de la bataille de *Pavie* (24 février 1525), si fatale à la France. Cette colonne, détruite par les Français, vainqueurs en Italie (1734), avait occupé la place où François I.er, à genoux, s'était humilié devant le Dieu des armées, et où ce roi brave et malheureux avait trouvé dans le pseaume que les religieux chantaient alors, une application si remarquable à sa position : (*Bonum mihi quia humiliasti me ut discam jus-tificationes tuas.* Psalm. 118.)

Le vétéran pressa le Prince de monter sur le dôme, et de là il s'efforçait de lui faire distinguer les champs de *Marengo*, les clochers de *Lodi*, le dôme de *Milan*.... « Sur quelque lieu, lui dit-il, que vos yeux s'arrêtent au milieu de ce vaste horizon, n'hésitez point à dire ; là mon père a combattu à la tête des Français, là son courage et son génie ont commandé à la vic-

toire ; là il acquérait de nouveaux titres à l'amour de ses soldats, à la reconnaissance de sa patrie, à l'admiration de l'univers; là une foule de généraux se formaient à son école, s'enrichissaient de ses bienfaits; tous ivres de sa gloire, le poussaient à l'envi vers ses hautes destinées; aucun alors ne songeait encore à le trahir...»
A ces derniers mots, le professeur interrompit ce loyal militaire, pour indiquer au Prince, entre Milan et Lodi, la plaine de *Marignan,* sur la rive droite du Lambro. « Voilà, lui dit-il, où ce même François Ier avait vaincu les Suisses (13 septembre 1515), dans ce combat que le vieux maréchal de Trivulce appelait une *bataille de géans,* et qui valut au connétable de *Bourbon,* fidèle alors, la dignité de *vice-roi de la Lombardie.* »—« Hélas, mes amis, reprit le Prince, en abaissant les yeux sur le parc de *Mirabella,* ne craignons pas de regarder ce champ de bataille où *tout fut perdu, hors l'honneur des troupes et du souverain des Français,* et où le traître *Bourbon* ne rougit pas de s'offrir pour recevoir l'épée de son maître. Que j'aime la noble indignation du roi qui, affaibli par ses blessures et excédé de fatigue, repousse ce sujet ingrat et rebelle, et remet ses armes au brave *Lannoy,* général de *Charles-Quint!* »

« Puisque nous ne pouvons, dit *Res.....*

Adeod...., écarter de votre pensée les tristes rapprochemens qu'elle se plaît à méditer, ajoutons ici que notre historien *Muratori* ne dissimule point que le plus brave, le plus généreux des rois était alors trahi par ses propres capitaines et ses ministres ; qu'on lui mettait sous les yeux des dénombremens très-exagérés de ses troupes, et que toutes ces compagnies étaient fort au-dessous du complet.... «—Brisons sur tout ceci, interrompit le Prince en descendant, vous trouveriez bientôt dans *Muratori* que les pièces d'artillerie n'avaient aucun boulet de leur calibre, que la poudre était changée en cendres, que les équipages de pont étaient portés sur des rives opposées au lieu où ils devenaient nécessaires, et que des canons languissaient sans affûts sur le sable des fleuves.....»[1]

« Ne perdons pas cependant de vue, dit le professeur, qu'après la victoire de Pavie, la détention de François I.er et la désolation de la France, les ennemis du royaume ne mirent plus de borne à leur ambition, que l'Italie ne s'en trouva pas plus fortunée, et que le pape lui-même devint le jouet des Espagnols et des

---

[1] Undè suspicio....... cuncta quæ acciderant, aut metuebantur, non inertiâ militis, neque hostium vi, sed fraude ducum evenire. (*Tac.*, Hist., lib. 4, cap. 19.)

Allemands, qu'il vit sa capitale prise d'assaut, indignement pillée, qu'il fut lui-même prisonnier
de l'empereur d'Allemagne, et que celui-ci, met-
tant le comble à l'hypocrisie, ordonna des messes
et des processions en Espagne, pour la déli-
vrance du Saint-Père. »

« — Ah! mon cher hôte, s'écria le capitaine,
ce n'est pas la première fois que vous m'apprenez
des choses dont je ne m'étais jamais douté, et
que j'éprouve, en m'instruisant, un plaisir
presque égal à celui que me causaient les éloges
de mes chefs et de mes camarades après une
bataille. Mais ce que vous nous dites de *Charles-
Quint,* empereur et roi, dérange absolument
toutes mes idées. Je vous avouerai que depuis
quatre ou cinq ans, causant avec mes voisins du
camp d'Alexandrie, nous gémissions en secret
que Napoléon eût pu se résoudre à persécuter le
pape, et à tenir aux yeux de l'Europe une
conduite que nous regardions comme inouïe
jusqu'à ce jour. Il a donc existé un grand prince
qui avait précédemment donné ce dangereux
exemple, et je me sens soulagé par cette idée
que du moins notre Empereur n'est pas le premier Prince qui ait ainsi sévi contre le souverain
pontife. »

— « L'exemple de Charles-Quint, répondit le
professeur, ne pourrait servir d'excuse à per-

sonne ; mais, mon ami, comme il n'y a rien de nouveau sous le soleil, nous comptons, outre *Clément VII*, quinze autres papes emprisonnés, soit par les empereurs, soit par les rois de France, soit par les Romains eux-mêmes. Parmi ces augustes captifs, sept ont péri dans les fers et de mort violente : l'un d'eux, avant son trépas, eut la langue et le nez coupés, et les yeux arrachés (*Jean XVI*, 998) ;

« Quatre autres papes furent déposés ;

« Trois autres furent empoisonnés ;

« Sept errèrent loin de leur siége, et plusieurs d'entre eux trouvèrent un asile en France.

« Un autre (*Etienne VIII*, 939) fut mutilé et défiguré par les habitans de Rome, et le cadavre de *Formose* (896) fut indignement exhumé et outragé par son successeur qui lui-même fut étranglé...... »

« — Mais, reprit le vétéran, on croirait entendre l'histoire du sérail de Constantinople. Ces vieux pontifes ont donc eu d'autres occupations que de prier, et de distribuer des indulgences ?

« — Depuis que, de simples évêques de Rome nommés par le peuple, ils ont aspiré à être chefs de l'église catholique, depuis qu'ils sont parvenus à se faire élire sans l'approbation des empereurs, approbation qui toujours avait été regardée comme indispensable, depuis qu'ils ont mis en

avant des *actes de donation*, et affecté la souveraineté temporelle de domaines usurpés, leur
principale occupation a été d'inquiéter les rois,
de les proscrire, de susciter des guerres intermi-
nables, de soulever les sujets contre leurs princes,
de provoquer ces affreux massacres des *vêpres
siciliennes*, de la *Saint-Barthélemi*, des *dragonades*, des *auto-da-fé*, de fomenter des guerres
de religion, comme celles des Albigeois, de la
Ligue et de la Vendée, et d'occasionner, à leur
propre détriment, ces schismes célèbres qui ont
détaché de leur obédience et l'Angleterre et tous
les royaumes du nord de l'Europe, et la plus
belle partie de l'Allemagne. *Sixte V* et *Gré-
goire XIV* ont empoisonné la vie et abrégé les
jours de votre *Henri IV*, par leurs bulles incen-
diaires; *Urbain VI*, en 1385, avait fait expirer
cinq cardinaux au milieu des supplices les plus
cruels; il n'avait épargné qu'un cardinal anglais,
de cette véritable nation dont on n'outrage point
un seul membre impunément; enfin *Alexandre
Borgia*, que votre *Charles VIII* tint prisonnier
au château Saint-Ange, a réuni dans sa personne
tout ce que les tyrans les plus féroces, les plus
corrompus ont offert de plus révoltant et de plus
épouvantable........ »

— « Ainsi, reprit le capitaine, les papes se
trouvent dans la cathégorie des autres princes

temporels. Il est vrai qu'ils emploient les excommunications, mais c'est sans doute pour suppléer aux autres armes dont ils n'ont pas une assez grande provision ; et je ne doute pas qu'ils ne renoncent à ces espèces d'imprécations, si jamais ils deviennent maîtres de toute l'Italie et peuvent solder 80 mille hommes. Quoi qu'il en soit, me voilà fort rassuré sur un prétendu sacrilége, et il me reste bien démontré qu'un prince qui ne peut obtenir d'un pape ce qu'il réclame de lui, peut le combattre, le vaincre, le détenir comme un autre souverain qui serait son ennemi, et comme s'il était tout simplement un roi de Saxe, un roi de Suède, ou un nabab de l'Inde. »

« Cela est du moins autorisé par l'histoire, répondit le professeur, et justifié d'ailleurs, soit par les guerres suscitées et soutenues, soit par les usurpations exécutées à main armée, soit par les principautés arbitrairement distribuées à leurs bâtards ou à leurs favoris par un si grand nombre de souverains pontifes. Mais la bataille de Pavie nous a menés loin : abandonnons cette Chartreuse célèbre, fondée par le premier des ducs de Milan, qui reçut en outre de l'empereur *Wenceslas* l'investiture des principautés de *Pavie*, de *Parme* et de *Plaisance*. Ces deux derniers domaines, donnés, dans le seizième siècle, par un pape à son bâtard, peuvent bien devenir sans scandale, dans le dix-neuvième, l'apanage d'une illustre princesse et de son auguste et intéressant reje-ton. »

« Que Dieu en décide, et que les peuples soient heureux ! s'écria le petit Pélerin. »

Cependant ses hôtes le dirigeaient vers Pavie, et le capitaine ainsi que le professeur voulurent absolument l'accompagner non seulement de l'autre côté du Tésin, mais même au-delà de l'Eridan, jusqu'à Stradella.

Pendant cette route de huit milles environ, le Prince, qui avait remarqué l'antipathie du vétéran pour les Anglais, se plaisait à détailler tout ce que lord *Seym....* lui avait raconté des égards multi-pliés des commissaires de son gouvernement pour l'Empereur, pendant son dernier voyage à travers la France, et sur-tout lors de son embarquement près de Fréjus.

Rien ne peut se comparer aux témoignages de respect et d'admiration que donnaient à Napoléon tous les délégués des souverains alliés, honorant dans son malheur un héros qui, dépouillé de tant de puissance et de si vastes états, semblait envi-ronné de tant de souvenirs, et à certains yeux encore de tant d'espérances.

Le Prince leur peignait son père recevant à Lyon les honneurs militaires, et ne connaissant que là une étrange proclamation de l'un de ses lieutenans qu'il venait de serrer dans ses bras, et qui, comme tous les autres, lui devait sa fortune et sa gloire. Ce général, peu versé dans les événemens historiques, ignorait que la mort d'*Othon*, empereur adoré de ses troupes, n'avait eu d'autre avantage que d'aplanir les marches du trône au lâche et méprisable *Vitellius*, qui bientôt... *curis luxum obtendebat: non parare arma : non adloquio exercitioque militem firmare ; non in ore vulgi agere ; sed umbraculis hortorum abditus, ut ignava animalia, quibus, si cibum suggeras, jacent torpent que, præterita, instantia, futura, pari oblivione dimiserat.* (TAC., Hist., lib. 3, c. 36.) Ce fut ce même *Vitellius* qui, pour premier acte de souveraineté, donna *la décoration de chevalier* au plus vil de ses affranchis.... *honoravit Asiaticum annulis fœdum mancipium, et malis artibus ambitiosum.* (TAC., Hist., lib. 2, cap. 57.)

C'était donc bien à tort que la proclamation reprochait *l'envie de vivre* à un guerrier que, depuis dix-huit ans, ses troupes avaient vu s'exposer à leur tête à tous les périls sur tant de champs de bataille arrosés de leur sang et couverts de leurs trophées; à ce général dont un poète français avait dit :

Et Bonaparte enfin, que préserve le sort,
Sans pouvoir la trouver, cherchant partout la mort.....
(Ép. à Virgile.)

5 *

(68)

Le jeune Pélerin montrait son père méditant au fond de la galerie du château du *Luc*, et les commissaires le contemplant de loin, découverts, gardant le silence, et respectant sa solitude et ses secrets.

Il racontait comment, à Fréjus, le capitaine de vaisseau français et le capitaine anglais, chargés l'un et l'autre des ordres de leur gouvernement, se disputaient l'honneur de conduire sur les rochers d'une autre Lemnos ce nouveau Philoctète qu'avaient blessé les flèches d'Hercule teintes du sang de l'hydre. Le Français voulait s'en remettre aux hasards d'un combat entre les deux frégates. L'Anglais, plus sage et ne se croyant pas en droit de faire couler le sang de deux nations devenues amies, s'en rapporta au choix de l'Empereur, et l'Empereur, toujours magnanime, se confia au pavillon britannique.

Il croyait se livrer à un peuple étranger, il se retrouve au milieu des siens. Sa chambre est sa baraque de Boulogne; son lit est orné d'un riche trophée d'armes : pour tapisserie, il n'aperçoit que les superbes gravures des batailles qui ont immortalisé son nom, et sur lesquelles il aurait pu fonder un repos qui eût assuré son bonheur et celui des Français :

Non minus est virtus, quàm quærere, parta tueri....

Le brave vétéran était attendri ; mais toutes ces tardives démonstrations en faveur d'un souverain détrôné, si elles étaient sincères de la part de plusieurs nobles lords, lui paraissaient dérisoires de la part d'un gouvernement qui n'aurait jamais triomphé par les armes, mais auquel l'or, habilement prodigué, donne tant de pouvoir sur les ministres et sur les généraux qui ne connaissent de patrie que l'opulence.

« Sans doute, dit le professeur au jeune Prince, le gouvernement anglais et les autres alliés devaient trouver un grand argument contre votre père dans ses entreprises toujours renaissantes, et il leur était facile de renouveler à son égard l'ancienne accusation dirigée autrefois contre *Charlemagne*, *Charles-Quint* et *Louis XIV*, d'aspirer à la monarchie universelle. Mais il est facile de reconnaître que tous ses efforts étaient dirigés contre le monopole anglais, qu'il n'attachait d'importance qu'à la possession des côtes, et que maître, jusqu'à trois fois, des capitales de la Prusse et de l'Autriche, il ne lui vint point dans l'idée de dépouiller de leur couronne ni la maison de *Lorraine*, ni celle de *Brandebourg*. Assurément il aurait pu le tenter alors, en rendant à la Pologne indépendante toutes les usurpations qui lui avaient été arrachées depuis quarante ans, en plaçant sur le trône de Hongrie ce prince *Charles,* si digne d'une couronne, en partageant la Silésie et la Bohême entre les rois de Saxe et de Bavière, et en récompensant le Danemarck par le duché de Poméranie.

« Quelque durée qu'on veuille assigner à de tels arrangemens, ils auraient été au moins aussi solides que tous ceux qui se sont succédés depuis la paix de Lunéville, et ils auraient intéressé à leur maintien des rois sur lesquels la Prusse et l'Autriche auraient perdu toute influence réelle.

« Si Napoléon ne fit point ces changemens, on ne peut pas dire qu'il n'y ait pas pensé; mais on est forcé de convenir qu'il respecta les dynasties existantes; qu'il leur rendit leur couronne, et que, dans la distribution de nouvelles principautés, il eut même beaucoup d'égards à leurs propres intérêts, autant qu'ils pouvaient s'allier avec la sûreté de ses états. »

« Mais pourquoi, dit le capitaine, plaça-t-il tous ses parens sur des trônes ? »

« Cette avidité, répondit le professeur, n'étonne que ceux qui ne sont point familiarisés avec l'histoire. Quand les princes ne s'emparent point à main-armée des territoires à leur convenance, comme Henri II, de l'Irlande; Ferdinand, de la Navarre; Philippe II, du Portugal; Albert de Brandebourg, de la Prusse orientale; les souverains allemands, espagnols et français, des royaumes de Naples et de Sicile; ceux d'Autriche, de Prusse et de Russie, de toute la Pologne; celui de Suède, de la Norwège; peut-être celui de Prusse, de la Saxe; ils se les approprient de toute autre manière, soit par des *mariages*, comme le roi d'Arragon fit de toute l'Espagne, comme les rois d'Angleterre firent de l'Écosse, Louis XII de la Bretagne, etc., soit par des *confiscations*, comme vos rois de France de tous les grands fiefs du royaume, soit par des *cessions*, comme celle de l'empire par *Charles-Quint* à son frère, et celle des Deux-Siciles par Philippe V à son fils, etc., etc.

« Tout prince tend à acquérir et à aggrandir sa maison, comme si les fils, les frères, les gendres et les beaux-frères, placés sur des trônes, étaient susceptibles de quelque reconnaissance; comme si *Philippe II* n'avait point refusé la pension alimentaire à son père qui venait d'abdiquer en sa faveur; comme si *Guillaume de Nassau* n'avait point détrôné *Jacques II*, son beau-père; comme si *Gustave-Adolphe* n'avait point été détrôné par son oncle, et comme si des souverains encore existans ne voyaient pas leur trône occupé, et leurs peuples tyranisés par leur frère ou par leurs enfans, qui se hâtent d'abuser d'un pouvoir dont leur conscience reconnaît la coupable illégitimité. »

« Hélas ! s'écria le vétéran, nous venons

d'avoir sous les yeux un exemple mémorable d'une pareille ingratitude. Sur le terrain que nous foulons en ce moment, les troupes de votre oncle, Prince, occupaient les rives du Pô, elles envahissaient la Toscane, au moment où votre père devait les croire réunies à son armée d'Italie, et menaçant, de concert avec le prince Eugène, la gauche et les derrières de la grande armée des alliés, dont cette défection seule [1] a garanti tous les succès. Comment donc ce guerrier si brave a-t-il pu renoncer en un moment à l'amour des soldats français qui avaient si souvent acheté de leur sang la gloire qu'il s'était acquise dans nos rangs et à la tête de nos escadrons valeureux ? »

« Puisse la Providence, interrompit le petit Pélerin, ne point appesantir son bras sur le roi *Joachim !* son cœur s'est ulcéré contre un reproche de son bienfaiteur [2], son âme a pâli au lieu de se roidir contre le danger ; elle s'est laissée séduire par un appas imaginaire. Puisse-t-il éviter à la fois et *Charybde* et *Scylla*, si voisins de sa capitale ! Puissent ses jeunes enfans n'être

[1] Quæ jampridem corrupta, fidem simulabat, ut proditis in ipsâ acie Romanis, majore pretio fugeret. (*Tac.*, Hist., lib. 4, cap. 18.)

[2] Proclivius est injuriæ quàm beneficio vicem exsolvere. Hist. *Tac.*, lib. 4, cap. 3.)

point obligés d'errer à l'aventure, et de chercher en vain un asile et une patrie....! »

Les trois voyageurs touchaient à *la Stradella*, sur la route de Vogherre à Plaisance ; le jeune Pélerin allait se séparer de ses deux amis (car quel autre nom donner à ceux qui, par tendresse, remplacent auprès des princes malheureux et abandonnés, la foule importune des courtisans et des flatteurs ?) ; tout à coup un cri se fait entendre, et le petit Pélerin voit à ses pieds l'illustre Romain *Stef... Eg... Petr...* qui, sans autre accompagnement que son génie et sa lyre, retournait dans sa patrie natale.

En se retrouvant sur le territoire de cette antique Ausonie, il la voyait telle qu'elle avait apparue, il y avait trente ans, à son jeune héros... Elle pouvait répéter encore :

> Lacero ho il manto e pieno
> D'onte, bersaglio d'inimico artiglio :
> Tergimi 'l lungo pianto,
> Vendica l'onte, e ricomponi il manto.

« Oh ! mon Prince, s'écria-t-il, le ciel a-t-il repoussé les augures favorables dont j'avais entouré votre berceau ? »

« Ne sondons point ses décrets éternels, lui répondit le petit Pélerin, en le relevant, ô savant *Petr....*!

Cadono e città, cadono i regni,
Copre i fasti e le pompe arena ed erba,
. . . .

que la volonté de Dieu s'accomplisse ! »

Le poëte, le professeur et le guerrier, admiraient la résignation de ce Prince ; et cette vertu les ramenait sans effort à ces sentimens religieux qui consolent l'infortune, et dans lesquels le bonheur même trouve un charme et une céleste garantie que partout ailleurs il chercherait vainement.

Petr...., après avoir appris au Prince l'entrée imposante des anciennes gardes pretoriennes dans la ville de Paris [1] lui raconta qu'il venait de Turin où il avait serré sur son sein les illustres professeurs et académiciens de cette capitale. L'abandon et la misère menaçaient en ce moment ces savans et ces sages dont le nom fait la gloire de leur patrie. Il venait de presser les mains sexagénaires du vertueux abbé *Valp... de Caluso,* qui allie toute l'érudition d'un savant, tout le feu d'un poëte, toute la douceur d'un sage, à toutes les grâces, à toute la noblesse d'un grand seigneur.

---

[1] Longus deditorum ordo, septus armatis, per urbem incessit ; nemo supplici vultu, sed tristes et truces ; et adversùm plausus vulgi immobiles. Nihil quisquam locutus indignum ; et quamquam inter adversa, salvâ virtutis famâ (*Tac.,* Hist. 4, cap. 2.)

Il quittait les *Vassali*, les *Buniva*, les *Rossi*, les *Michelloti*, les *Balbe*, les *Saluces*, les *Porporati*, les *Regis*, les *Napione*, les *Reyneri*, les *Canaveri*, les *Vastapani*, les *Bellardi*, les *Giobert*, les *Rabi*, les *Spalla*, les *Bonino*, les *Filippi*, cette famille nombreuse d'hommes dévoués aux sciences, à l'instruction et à la guérison de leurs semblables ; ces philosophes dont la plupart étaient incertains de leur subsistance, quelque modérés que pussent être leurs besoins. Le poëte romain se rendait à Florence pour être leur interprète auprès d'un prince protecteur des lettres, qui n'oubliait pas que depuis près de quatre cents ans la Toscane est l'asile des sciences et le refuge des savans persécutés.

« L'ombre de *Charles-Emmanuel*, dit le professeur *Adeod....*, a donc quitté les bords de l'Eridan. Sous ce grand duc de Savoie vous eussiez pu accorder votre lyre et chanter votre belle ode sur l'*Arti e le scienze protette....*

« Oh ! cher compatriote, reprit tristement *Petr....*, que les Muses répandent, sous leurs pas tremblans les débris de leurs couronnes ; que de longs voiles les dérobent aux outrages du vulgaire ; qu'elles fuient les terres envahies et desséchées par le despotisme, et qu'elles se réunissent sur les rives de l'Arno ! Qu'un nouveau Parnasse s'élève dans cette nouvelle Phocide ;

que Pégase y fasse jaillir une nouvelle hyppo-
crène, et que, pressées autour d'Apollon, les
Piérides doivent à ce dieu bienfaisant de nouveaux loisirs, et consolent les âmes sensibles par
de nouvelles jouissances ! »

Cependant le soleil précipitait son cours vers
l'Océan. Le petit Pélerin de Parme et de Plaisance pressa ses hôtes de retourner vers *Pavie*, et
il reçut de ces hommes estimables les adieux les
plus tendres et les vœux les plus sincères.

Stef... Eg... Petr... allait être naturellement
le nouveau guide du petit Pélerin, et ce Prince
trouvait une distraction douce et agréable dans
l'imagination vive de cet aimable poëte.

Quoique la verve féconde de *Stef...* eût créé
cent *odes* très-belles à la gloire de Napoléon, et
imaginé cent *médailles* pour immortaliser les
principales actions de l'Empereur jusqu'à l'époque
de la paix de *Tilsit* (et combien les six années
suivantes pouvaient encore animer de nouveaux
bronzes et faire éclore de nouveaux poëmes ?),
le jeune Prince ne tarda point à s'apercevoir que
l'âme de *Petr...* était fière et noble. Nourri des
chefs-d'œuvre de l'antiquité, élevé sur les débris
de l'ancienne capitale du monde, il s'était souvent
surpris, dans une illusion bien pardonable,
écoutant le sévère Caton, suivant Scipion au
Capitole, assistant au triomphe de Trajan, et

pleurant aux obsèques de Marc-Aurèle. De grands souvenirs l'avaient familiarisé avec de grandes pensées, et lui avaient inspiré une inclination forte pour tout ce qui offrait de grands résultats.

Sectateur généreux de l'indépendance nationale, il eût admiré ce Breton qui, jetant dans la rivière la *médaille antique de César triomphant des Gaulois*, s'écriait : « *Que ne puis-je y précipiter tous ceux qui se servent de leur puissance et de leur adresse pour opprimer les autres hommes !* » Mais il n'aurait pu comprendre comment ce même Breton eût combattu pendant vingt années pour être l'esclave de *Macrin* plutôt que d'*Héliogabale*, de *Maxime* plutôt que de *Balbin*, et de *Licinius* plutôt que de *Constantin*. Dès qu'on ne défend pas sa liberté, *Petr*.... ne conçoit pas comment le même peuple se divise et s'égorge pour le choix de fers humilians, et pour décider qui sucera son sang et se nourrira de sa substance.

Éclairé par l'histoire des guerres et des pacifications, il connaissait la valeur de ces droits que quelques familles feignent de croire avoir sur les peuples, et en dépit de toutes ces prétentions ridicules, si elles n'étaient barbares, il pensait qu'il ne pouvait exister de pasteur plus légitime que celui que tout un troupeau serait convenu de se choisir lui-même. Il offrait au surplus de changer entièrement d'opinion, si l'on parvenait à offrir à son admiration un souverain dont l'autorité paternelle n'ait point eu pour première base la violence des armes, et n'ait été cimentée par le sang de victimes humaines, moyen qu'on est convenu, dans le protocole des cours, de traduire par ces mots : *Dei gratiâ.*

Ce n'est pas que *Petr....* en voulût inférer que tout pouvoir, ainsi acquis, étant illégitime, il fallait le repousser et l'anéantir. Bien loin de là, il regardait cette question comme un procès jugé, auquel devait se soumettre même la partie condamnée ; et il convenait de cette nécessité fatale à laquelle était attaché, si non le bonheur, du moins la tranquillité des nations.

Il tirait de tout ceci la singulière conclusion qu'un usurpateur n'était traité de tel que lorsqu'il cessait de l'être, lui ou ses héritiers. Voilà comment d'un côté il expliquait le *deuil de Cromwell* porté par la cour du jeune Louis XIV, et de l'autre il montrait la France épuisée d'hommes et d'argent pour placer le petit fils du même roi sur le trône des Espagnes.

Petr..... ne dissimulait donc pas qu'il aurait préféré peut-être le premier Consul gouvernant une grande nation, suivant une constitution qu'elle avait acceptée, et donnant ainsi au monde un exemple et un modèle, plutôt que la tête chargée de glorieux diadèmes, cherchant à

faire revivre *César* ou *Charlemagne* , et exposant
ainsi les générations futures à revoir des *Louis
d'outre-mer* ou des *Caligula*. Mais puisque la
faiblesse humaine n'a pu résister à la séduction,
puisque les Français, tous sans exception, éblouis
de la gloire, des talens et des promesses de ce
nouveau *Pépin*, avaient consenti à marcher sous
ses bannières, et à jouir, à l'ombre de ses aigles,
du fruit de ses victoires, il ne rougissait pas de lui
avoir consacré ses chants, et d'avoir servi d'interprète à l'admiration de l'univers. Les rois n'a-
vaient point répugné à l'amitié, aux bienfaits, à
l'alliance de Napoléon ; la lyre pouvait-elle être
plus fière que les diadèmes, et fera-t-on un crime
à la chaumière de céder au torrent qui entraîne
dans son cours les cités, les forteresses et les palais ?

Le poëte chantait donc les trophées de l'armée
française élevés à chaque pas dans les plaines de
l'Italie, sur les monts sourcilleux des Alpes et des
Apennins, dans les sables de la Syrie, au pied des
Pyramides éternelles, vers les sources inconnues
du Nil, au centre de toutes les capitales , sur les
rives du Rhin, de l'Elbe, du Danube, de la Vis-
tule et du Niémen. Il chantait les routes ouvertes,
les ponts construits , les forteresses bâties , les
quais élevés, les palais terminés, les dieux de
l'antiquité réunis par la victoire dans un nouvel

Olympe, où *Appollon* croit encore lancer ses flèches divines, où *Mercure* se prépare à exécuter les ordres de *Jupiter*, où *Vénus* triomphe éternellement de ses célestes rivales....

C'est ainsi que par de fières méditations, par des réflexions sévères, ou par ses chants mélodieux, le poëte avait dissipé l'ennui de la route. Le Prince arrivait à Plaisance, après avoir heureusement traversé la *Trébia* quelques instans avant un grand orage, et avoir été averti par *Petr.....* qu'il foulait à ses pieds le sol où Annibal avait battu les Romains pour la seconde fois. Près de là aussi *Bonaparte*, vainqueur à *Montenotte*, à *Millesimo*, à *Dégo*, à *Montdovi*, avait effectué son fameux passage de l'Eridan, malgré le général *Baulieu* qu'il avait poursuivi jusqu'au-delà de *Lodi*, chassé du Milanais, et contraint de s'enfuir dans les gorges du Tyrol.

Plaisance a connu autant qu'aucune ville du monde, les malheurs et les vicissitudes de la guerre. Les armées romaines, divisées entre *Othon* et *Vitellius*, si peu dignes l'un et l'autre du sang que l'on versait pour eux, avaient incendié le superbe amphithéâtre de cette ville, le plus vaste qu'il y eût en Italie. Le jeune Pélerin, étranger au sein de ses nouveaux états, avait été surpris de la beauté des rues de Plaisance; on lui avait fait remarquer l'élégante construction de la cathédrale dont les trois nefs sont soutenues par des colonnes de *granit de l'île d'Elbe*; mais il restait plongé dans de profondes réflexions devant la statue équestre d'*Alexandre Farnèse*, de ce fameux capitaine qui balança si longtems et si habilement les destinées de *Henri IV*, et dont les exploits, secondés des parlemens, de la Sorbonne, des universités, du pape, du roi d'Espagne, et de tant de nobles catholiques, seraient peut-être parvenus à faire regarder *Henri le Grand* comme un *Usurpateur*, si ce duc de *Parme* n'était mort à Arras, au moment où il allait rentrer en France pour la troisième fois.

» Vous trouveriez également à deux pas de la ville, dit *Petr*..... au jeune Pélerin, de quoi méditer, en visitant les ruines du collége fondé par le cardinal *Albéroni*. Issu d'une basse extraction, curé d'un petit village, forcé de suivre le duc de Vendôme qu'il avait trop bien servi pendant sa campagne d'Italie, intermédiaire en Espagne entre ce général et la princesse des Ursins, négociateur du mariage de Philippe V avec l'unique héritière des duchés de Parme et de Plaisance, confident et premier ministre du roi d'Espagne, il entraîne ce prince dans de vastes entreprises qui ne tendaient à rien moins qu'à changer les dynasties regnantes en France et en Angleterre. Il paye par sa chute et son bannissement *le crime de n'avoir point réussi*, et vient mourir tranquillement dans son ancienne patrie. »

Cependant une foule d'habitans de toutes les classes se pressaient autour des deux étrangers ; mais le petit Pélerin n'ayant l'intention d'occasioner aucun attroupement, voulut que *Stef.... Petr....* louât promptement une voiture, et ils se dérobèrent l'un et l'autre à la curiosité, et peut-être à des honneurs dont une portion du peuple n'aurait pu deviner la cause. « Quel malheur, disait le prince, de ne pouvoir jouir de la tendresse de ceux qui nous aiment, ni conquérir le cœur de tous les autres ! » — « Prince, lui répartit *Petr....*, ne laissez point abattre votre âme par des regrets intempestifs. Imitez vos augustes parens ; ils ont soumis leurs têtes généreuses au joug de la nécessité. » — « Oh ! mon ami, repondit le Pélerin, vous me feriez injure si vous me supposiez aucun désir contraire aux nouveaux devoirs qui me sont imposés, et si vous attribuiez à l'ambition le langage de la sensibilité. » — « Puisque vous me faites, mon Prince, une réponse semblable à celle que fit à ses amis *Rutilius Rufus*, vous me rappelez le beau dialogue des *Médicis* sur l'*exil*, que publia le savant professeur *Alcyonius*, accusé peut-être à tort d'avoir brûlé le manuscrit de *Cicéron sur la gloire*. Permettez

que je charme la longueur de la route, en vous
retraçant ce que ma mémoire a conservé des
sages leçons mises dans la bouche de *Jean de Médicis*, qui fut depuis l'illustre Léon X. Ce prince
entreprenait de consoler son frère et son neveu,
profondément pénétrés du renversement de leur
fortune, de la perte de leur souveraineté, du
pillage de leurs biens, et surtout de leur exil. »

Le savant romain, pour fortifier l'âme du
petit Pélerin, profita de son autorisation tacite,
et lui fit connaître les mémorables infortunes de
Frédéric III dont les rois de France et d'Espagne s'étaient partagé les états par un traité
inique, et qui avait déposé le diadème comme
il convenait à un grand homme, sans soupir et
sans crainte. Il peignit le grand *Cosme de Médicis* paraissant oublier, dans son exil à Venise,
sa gloire, sa fortune, sa splendeur et sa puissance, et *Laurent* dont les enfans croissaient
d'abord comme des fleurs heureuses qui annonçaient d'autres fruits, mais qu'un ouragan terrible avait détachées d'un tronc si généreux......
Ayant ensuite épuisé toutes les consolations tirées
de cet écrit éloquent, et qu'il est si facile de
prodiguer au malheur, il montra au jeune Prince
la fortune replaçant de nouveau sur son char les
membres de cette illustre famille, attachant sur
leurs fronts la thiare et les diadèmes, les dédom-

mageant de cruels malheurs par de longues prospérités, et récompensant ainsi la protection signalée donnée aux arts, aux sciences, au commerce et à la vraie liberté.

On était parvenu à ces terrains arrides que couvre le Taro lors de ses inondations, terrains semés de roches arrondies que roule le torrent dans sa fureur. *Petr....* rappela au Prince que sur leur droite, vers le haut de cette vallée, la petite ville de Foro-novo (Fornoue) avait donné son nom à la victoire inespérée de Charles VIII, remportée (le 6 juillet 1495) sur les troupes réunies du pape, de l'empereur d'Allemagne, de l'archiduc, de l'usurpateur du Milanais et des Vénitiens. Charles s'était confié dans le courage des Français dix fois moins nombreux que leurs ennemis, et le succès le plus glorieux avait couronné cette noble assurance.

« Nous touchons, disait *Petr...,* à la capitale de ces faibles états substitués au vaste héritage que la Providence semblait vous réserver : peut-être même ce dernier et modeste asile vous est-il en ce moment disputé par la politique toujours incertaine, et par la jalousie toujours insatiable. Quoiqu'il en soit, apprenez, mon Prince, qu'il y a précisément cinq cents ans un *Peregrino* fit le bonheur de ce beau pays, malgré les efforts des nobles et des prêtres, éternels ennemis de la félicité des nations. Sachez qu'au milieu du siècle dernier, un prince élevé par un guerrier, instruit par un philosophe, donna à ces duchés une nouvelle existence. Pendant que leur famille abandonnait les belles contrées de Naples et de Sicile à l'oppression des moines et aux jongleries des chapelains de St.-Janvier, *Don Philippe*, et après lui son fils *Don Ferdinand*, aidés par un ministre sage, modeste, savant et désintéressé, avaient protégé les arts, encouragé l'établissement de manufactures, facilité les échanges du commerce, et répandu l'aisance sur un peuple qui bénit encore leur mémoire. Prince, si le ciel vous le permet, laissez la foudre gronder en d'autres mains, n'ayez que des *Du Tillot* pour ministres, soyez pour les voyageurs la plus grande des curiosités, *un Prince digne de l'être* [1]; ne vous occupez que du bonheur des autres; la meilleure garantie de la gloire est la reconnaissance des peuples. »

Ils arrivèrent ainsi aux portes de Parme; et dirigé par les mêmes motifs qui lui avaient fait quitter précipitamment la ville de Plaisance, le jeune Prince ne s'arrêta point à visiter ni le palais de sa mère, ni le jardin où les Français battirent les Autrichiens (en 1733), ni cet admirable et

______

[1] Voyage en Italie par *Duclos*.

vaste théâtre que les architectes ne savent point imiter, ni cette bibliothéque que *Pacciaudi* avait dirigée, ni cette belle imprimerie que les enfans de *Bodoni* n'ont point laissée dégénérer de sa perfection. En traversant rapidement la ville, *Petr...* fit apercevoir au petit Pélerin le respectable *Bernard de Rossi*, âgé de soixante-douze ans, originaire des montagnes du *Canavés*, et occupant avec gloire, depuis le 15 octobre 1769, la chaire des langues orientales dans l'université de Parme.

Les deux voyageurs, impatiens d'arriver à Florence, ne visitèrent point à Reggio, ce tableau singulier du Guerchin, où la sainte Vierge témoigne tant de crainte des caresses qu'un Jésuite fait à l'Enfant-Jésus. Ce n'était point alors le temps où les voyageurs sont assaillis sur la route par les chansons obscènes des vendangeurs, et le jeune Pélerin ne pouvait guère être récréé par le récit de la guerre burlesque de *la Secchia rapita*, dont le trophée se voit dans la cathédrale de Modène.

Mais il ne résista point au désir de visiter à *Bologne*, les nombreux chefs-d'œuvres que cette ville renferme, et sur-tout les immenses établissemens du célèbre Institut. Il bénit la munificence de Benoît XIV, de ce pontife éclairé, qui préféra la gloire de protéger les sciences et les beaux-arts à l'occupation monacale de tourmenter les consciences.

Après s'être arrêtés un moment devant le fameux Neptune et les belles syrènes de la *Fontaine du Géant*, les voyageurs se dirigèrent, à travers les longs et ténébreux défilés des Apennins, monts qui divisent naturellement l'Italie en deux portions presque égales, et qui versent de leur sommet des fleuves rapides dont les eaux courent se perdre dans l'Adriatique ou dans la Méditerranée.

Pétr...., pendant ce trajet triste et pénible, avait distrait l'imagination du jeune prince par le plan d'un *Voyage en Italie*, tel que l'avait conçu le savant Barthélemy avant de se décider pour le *Voyage d'Anacharsis en Grèce*. L'époque que l'auteur avait choisie se rapporte aux règnes de Léon X, de Charles-Quint et de François Ier, se flattant sans doute que l'ami des Muses aurait été respecté par ces phalanges meurtrières qui, pour des querelles non encore aujourd'hui terminées, ensanglantaient alors le berceau des beaux-arts, la patrie adoptive des sciences exilées de Constantinople, et renouvelaient, dans les murs de Rome saccagée, les barbaries des Goths et des Vandales.

Le poëte s'emparait de la belle conception de l'académicien, et transportait son jeune auditeur dans l'atelier de *Michel Ange*, du *Corrège*, de *Raphaël*, du *Titien*, de *Jules-Romain*, de *Ben-*

venuto-Cellini; sous les portiques de *Serlio*, de *Palladio* et de *Vignole;* dans l'amphithéâtre de *Fallope*, d'*Aquapendente*, de *Vigo* et de *Bolognini;* dans les écoles de *Nifo*, d'*Aldovrandi*, de *Talesio*, de *Ricini*, et de ce *Philippe Dèce* dont les gouvernemens se disputaient la possession. *Steph.-Petr...* soupirait avec *Pétrarque*, se laissait entraîner par l'*Arioste*, baisait les fers de l'immortel et infortuné *Tasso*, combattait *Machiavel*, s'instruisait avec *Paul-Jove* et *Guichardin*, et faisait pressentir à *Christophe-Colomb* l'admiration de la postérité et l'ingratitude des rois ses contemporains.

Il chantait la nature surprise dans ses secrets, la philosophie déchirant les langes épais de la vérité, l'industrie s'enrichissant de nouvelles découvertes, la boussole guidant de hardis navigateurs, et un nouveau monde sortant comme du sein des ondes, pour démentir de vieilles traditions, et pour révéler à l'univers son antiquité méconnue.

Mais ce n'était pas seulement ce spectacle imposant et merveilleux que célébrait *Petr...*, son cœur reconnaissant saluait, dans la personne des philosophes et des savans, les libérateurs du genre humain, ceux qui avaient dévoilé à l'homme sa céleste origine, ceux qui lui apprenant sa supériorité sur les autres animaux de la terre, rompaient les fers honteux dont quelques hommes voulaient charger les mains de leurs semblables, et il montrait les nations se relevant à la douce influence des lumières, comme on voit, après une nuit froide et obscure, les plantes se redresser et les fleurs s'épanouir aux premiers rayons du soleil.

Nos voyageurs arrivaient à Florence. Pour satisfaire l'empressement du jeune Pélerin, *Stef. Petr....* le conduisit de suite à l'église de Saint-Laurent, et l'introduisit dans la chapelle des *Médicis*, et ensuite dans celle dite *des Princes*. Cet aimable enfant fut en effet frappé des richesses accumulées dans la première où l'on croit voir réunis tous les trésors d'un roi de Perse et tous les ornemens du palais de Montézume. Dans la seconde, il respecta les méditations profondes dans lesquelles paraît être plongé *Laurent de Médicis*; mais ces chefs-d'œuvres du luxe et des arts laissaient un vide dans le cœur du jeune prince. Ce cœur ne parut rempli qu'au pied du maître-autel de cette église, là où, sur une simple pierre, on lit ces mots :

Decreto publico, Patri Patriœ.

Le petit Pélerin reconnut à cette inscription *Cosme l'ancien*, nommé par ses concitoyens le

Père de la Patrie. « Que la bonté divine, s'écriat-il, en se jetant à genoux, te récompense éternellement d'avoir mérité sur terre le titre le plus digne d'un grand homme ! » — « Mon cher neveu, de tels sentimens vous honorent », lui dit en le relevant le grand-duc qui, en ce moment, visitait la même église.

Ferdinand, les larmes aux yeux, serre dans ses bras le fils de sa nièce. Cet enfant répond aux caresses de son oncle, et l'informe de toutes les circonstances et du but de son voyage.

Le grand-duc, ami des lettres, reconnaît *Petr...*, le salue affectueusement, et l'invite à le suivre dans la magnifique bibliothéque des *Médicis*, attenant à l'église de Saint-Laurent. Ce bon prince portait lui-même *le petit Pélerin de Parme et de Plaisance*, aimant à retrouver dans ses traits une ressemblance qui lui était chère.

On s'assit vis-à-vis du pupitre où est enchaîné le beau manuscrit de *Tacite*, et là le jeune Prince eut le bonheur d'entendre son oncle lui parler en ces termes :

« Mon cher enfant (car il semble que l'infortune vous rapproche encore plus de moi, et qu'elle vous assimile à mon propre fils), je vous faciliterai les moyens de vous rendre auprès de votre père, soit que vous vouliez vous embarquer

à Pise ou à Livourne, soit que vous préfériez partir de *Piombino*. Je ferai des vœux pour votre
voyage, comme j'en ai toujours fait pour votre
bonheur.

« Vous êtes victime, avant l'âge, d'une mémorable catastrophe ; mais je découvre que vous
aurez le courage de supporter vos revers, et que
si le ciel s'appaise, vous soutiendrez avec la même
fermeté tout le poids des faveurs de la fortune.
Ne vous y trompez point : avec un nom illustre,
ce n'est pas au malheur qu'il est le plus difficile
d'opposer de la résistance : le soleil quelquefois
dessèche un arbre que les orages n'avaient pu
renverser ; et celui qui n'a gravi qu'avec les plus
grands efforts une montagne escarpée, se trouve
souvent saisi par un assoupissement invincible,
s'endort sur le bord du précipice, s'y oublie et
tombe.

« Vous n'aurez point à interroger des histoires
étrangères pour connaître tout ce que l'héroïsme
peut produire de plus merveilleux et la trahison
de plus déplorable ; pour apprendre que la politique et la corruption sont plus puissantes que le
génie et le courage ; pour savoir que les princes
doivent compter, non sur les bienfaits qu'ils ont
distribués, mais sur ceux qu'ils peuvent encore
répandre ; pour apprécier la reconnaissance des
peuples, entièrement semblable à celle des rois,

que l'intérêt étouffe, ou que la crainte réduit au silence.

« Trahi par ceux dont il avait fait la gloire et la fortune, votre père peut reconnaître aujourd'hui que de grands succès militaires doivent être secondés par une sage diplomatie ; que de jeunes militaires élevés dans ses camps, ne pouvaient lui dévoiler les intrigues des cours, ni déjouer des complots ourdis en leur présence ; que des ministres, dont on connaît la bassesse et l'avarice, ne doivent jamais conserver ni reprendre le portefeuille, et que des hommes dégradés dans l'opinion publique ne peuvent servir utilement ni le prince ni la patrie.

« Pour avoir voulu, avant le temps, assigner des trônes aux membres de sa famille, il a sappé les fondemens du sien. L'exemple de Louis XIV l'a séduit, cet exemple devait le faire trembler. A quel état de dégradation cette manie ne fit-elle pas descendre ce grand roi, après cinquante années de triomphes et de gloire ? La France, en 1788, se ressentait encore des plaies de la guerre de la succession, et les intrigues de la cour de Philippe V contre la minorité de Louis XV ont prouvé combien sont vaines ces spéculations des chefs de famille sur la reconnaissance de leurs neveux couronnés.

« S'il eût conservé comme alliées soumises

l'Espagne et la Hollande , et s'il eût rendu à la nation polonaise son existence, Napoléon serait encore le régulateur de l'Europe, et ceux qui se disputent ses dépouilles brigueraient encore son amitié.

« Que de souverains s'occupent en ce moment de le justifier ! Combien ne travaillent qu'à envahir des provinces, qu'à lever des subsides, qu'à appesantir le joug du despotisme sur le peuple, qu'à recruter des auxiliaires parmi les suppôts du vice , du crime même et de la superstition ! Combien peu agissent comme ils parlent, et combien peu daignent voiler leurs projets iniques et sanguinaires !

« Il m'est impossible de concevoir comment des princes qui crient à l'usurpation ne songent qu'à usurper, qui maudissent la tyrannie, ne cherchent qu'à tyranniser, qui se disent *souverains légitimes* d'une nation , ne voient cette nation que dans un petit nombre d'être dégradés, incapables de profiter d'aucune lumière et de rendre aucun service, et ne cherchent, dans le reste de leurs sujets , que des bourreaux aveugles et des victimes infortunées.

« Ces princes sont visiblement poussés vers une perte qu'ils ne peuvent éviter. Dès que leur parole n'est plus sacrée, dès que les marches de leur trône sont un piége au lieu d'être un asile, dès que leur toute-puissance ne s'exerce que pour faire le mal, ce sont des dieux malfaisans, auxquels des peuples éclairés et braves ne peuvent rester soumis. C'est aux lumières, à la sagesse et à la vertu à ceindre désormais le diadème ; c'est en se rendant les véritables images de la Providence sur la terre, que les souverains prouveront leur légitimité, et feront bénir leur puissance.

« Je me suis cru prince légitime partout où j'ai régné d'après l'assentiment des peuples et conformément aux lois. Je n'ai été l'usurpateur ni de l'archevêché de Salzbourg, ni de l'électorat de Wurtzbourg, ni, à deux époques différentes, du grand-duché de Toscane. Soit en Italie, soit en Allemagne, je me suis considéré comme le père de mes sujets, et je les ai toujours traités comme mes enfans.

« Assurément j'ai gémi plus que tout autre sur ce singulier usage établi entre les puissances d'enlever, de rendre, d'assigner, de partager des états, comme des cohéritiers se distribuent des métairies. Mais les hommes sortent à peine du berceau. Parvenus à l'âge de maturité, ils concevront avec la plus grande difficulté les récits historiques qui constateront de semblables contrats. Quoiqu'il en soit, aucun roi ne devrait parler sérieusement aux autres d'*usurpation*. Il n'est point de monarque qui ne succède à des princes dont la première prise de possession n'ait été désignée sous ce titre. Louis XIV nomma usurpateur le successeur des Stuarts : l'Autriche avait traité de même Henri IV. Toute l'Europe combattit, pendant quatorze ans, l'usurpation de Philippe V. La France s'unit au roi de Prusse pour lui faire usurper la Silésie, et à l'Autriche pour la lui ravir. Elle regarda long-temps l'époux de Marie-Thérèse comme un usurpateur : elle gémit des usurpations qui partagèrent la Pologne, qui démembrent la Saxe ; qui ont ensanglanté les Indes. Le titre de *roi de Navarre* est un appel au roi d'Espagne ; celui de *duc de Bourgogne*, porté par le chef de ma maison, est un manifeste contre le roi de France. *Naples* s'est courbé sous trente usurpateurs parmi lesquels figurent beaucoup de rois de France et de rois d'Espagne. *Rome* n'est devenue une souveraineté que par des usurpations : enfin la plus intolérable de toutes est celle de *Hugues-Capet* qui combattit et enferma son souverain dont il immola les fils innocens à sa cruelle félonie. On veut aujourd'hui que ce rébelle descende de la race Carlovingienne. C'est une absurdité ; mais ce serait un crime de plus d'avoir détrôné le chef de sa propre famille. C'est un même attentat qu'osait entreprendre cet infâme d'Orléans dont

le gouvernement anglais avait fait, pour le malheur de la France et des Bourbons, un vil et
aveugle iustrument.

« Tout sur la terre n'est donc qu'usurpation;
et je ne parle point ici du crime par lequel des
fils succèdent, avant le temps, à leur père malheureux. D'éternels supplices attendent les parricides qui rivalisent avec les féroces tyrans de
Tunis, d'Alger, de Maroc ou de Constantinople,
et qui repoussent la garantie qu'offrent de sages
lois chez les nations civilisées.

« A la honte de l'espèce humaine, il n'est point
d'usurpateur ancien ou moderne qui ne trouve
de nombreux écrivains appliqués à le légitimer.
Voit-on les baleines essayer de prouver la nécessité de la pêche? Quels cerfs ou quels sangliers
ont entrepris de justifier les nobles plaisirs de la
chasse? Mais *des hommes*, pour quelqu'argent,
ne rougissent point d'écrire contre la liberté *des
hommes* et en faveur du despotisme! Voilà ce
qui corrompt tous les princes, ce qui enhardit
leurs lâches courtisans. Voilà ce qui retarde la
conclusion de ces pactes glorieux qui devraient
partout unir les peuples et les rois, et élever ces
derniers au plus haut degré de puissance. Assi-
milés à la Divinité, ils ne sauraient opérer le mal,
et leur main ne répandrait que des bienfaits.

« Le vulgaire trouverait ce langage étrange

dans la bouche d'un souverain : mais je vous ai déjà fait entendre, mon enfant, que je ne regarde comme légitime que ce qui est juste ; qu'une nation qui se croirait le patrimoine d'une famille serait indigne d'exister ; que les rois ne règnent que pour la félicité des peuples et en vertu de leur consentement ; qu'en leur donnant des sujets, la Providence a imposé aux souverains une responsabilité personnelle dont ils ne peuvent se décharger ni sur des ministres ambitieux, ni sur une maîtresse impudique, ni sur un confesseur complaisant, fanatique et sanguinaire. Je compte sur l'obéissance, parce que je compte sur l'amour, et que mes enfans peuvent se fier à mes soins et à ma tendresse : voilà tout le secret de mon gouvernement.

« On vous dira que la confiance aveugle accordée par un roi à son ministre dénote un fond de bonté. C'est faux. Quels empereurs furent plus jaloux de leur autorité que *Tibère*, *Sévère* et *Louis XIII* ? Qui cependant plus qu'eux, fut esclave d'un favori ? Quels ministres exercèrent plus de concussions, de cruautés que *Séjan*, *Plautien* et *Richelieu* ?

« On vous reprochera les fautes de votre père. Répondez avec Montesquieu (Grand. et Décad. des Rom., chap. 18) : *Les fautes des hommes d'état ne sont pas toujours libres. Souvent ce*

7

sont des suites nécessaires de la situation où l'on est : et les inconvéniens ont fait naître des incon-véniens.

« Vous entendrez de prétendus publicistes l'accuser d'avoir attiré les barbares jusque dans sa capitale, et de n'avoir pas su acheter d'eux la paix.... Citez encore Montesquieu (*ib.*, ch. 16) : *Les conquêtes de Charlemagne et ses tyrannies avaient une seconde fois fait reculer les peuples du midi vers le nord : sitôt que cet empire fut affaibli, ils se portèrent une seconde fois du nord au midi. ET SI AUJOURD'HUI* (écoutez bien) *UN PRINCE FAISAIT EN EUROPE LES MÊMES RAVAGES, les nations repoussées dans le nord, adossées aux limites de l'univers, y tiendraient ferme jusqu'au moment qu'ELLES INONDE-RAIENT ET CONQUERRAIENT L'EUROPE UNE TROISIÈME FOIS.* Que ces publicistes rapprochent ce passage de celui (chap. 4) où il est question de se mesurer avec *la puissance qui a déjà l'empire de la mer,* et qu'ils prononcent entre le Charlemagne moderne et les alliés qui ont cru devoir l'abandonner.

« Vous voyez, au surplus, que les grands écrivains sont bons prophètes : ce sont aussi de sages conseillers. Lisez (chap. 5) : *Il savait bien que le courage peut raffermir une couronne, et que l'in-famie ne le fait jamais.....* (chap. 18) : *La paix* ne peut pas s'acheter, parce que celui qui l'a vendue n'en est que plus en état de la faire acheter encore.... (et chap. 5) : *Antiochus, occupé de ses plaisirs, ne se conduisit pas même avec la prudence que l'on emploie dans les affaires ordinaires, et il consentit au traité le plus infâme qu'un prince ait jamais signé....*

« Celui donc qui avait dicté les conditions de *Léoben* et de *Campo-Formio*, de *Vienne*, de *Tilsit* et de *Presbourg*, d'*Amiens* et de *Lunéville*, aurait-il pu jamais se résoudre à signer, à *Paris*, le démembrement de la France et le pillage de vos ports et de vos arsenaux?

« Des hommes enrichis de ses bienfaits, exécuteurs aveugles et rampans de toutes ses volontés, parleront de son despotisme.... *Montesquieu* leur a encore répondu d'avance (*ib.*, chap. 15) : *Il n'y a point d'autorité plus absolue que celle du prince qui succède à la république; car il se trouve avoir toute la puissance du peuple qui n'avait pu se limiter lui-même....* La paix seule pouvait faire fléchir ce redoutable principe. Interrogez, en attendant, les Belges, les Piémontais, les Génois, la rive gauche du Rhin, beaucoup de départemens français, et vous saurez à quoi vous en tenir.

« Mais que vous occupé-je de diatribes hasardées par tant d'écrivains dont l'âme est trop peu

élevée pour mesurer les proportions d'un tel co-
losse, et qui d'ailleurs ont leur palinodie toute
prête pour le moment où ils apprendraient que
César aurait encore passé le *Rubicon?*

« Puisque vous allez rejoindre votre père, je
ne retarderai pas plus long-temps votre voyage,
et je ne devancerai point les leçons que vous êtes
destiné à recevoir d'un si grand prince. Partez
donc, mon cher enfant, et soyez soutenu par
cette idée consolante, que tant d'outrages ne seront d'aucun poids aux yeux de la postérité; qu'il
est plus facile de faire injurier *Napoléon* et de le
proscrire que de l'imiter; que les gouvernemens
qui se réjouissent d'une abdication qui humilie la
France, sont pénétrés d'estime pour ses grandes
qualités; que vous trouverez toujours un second
père dans mon illustre frère *Charles*, le héros de
notre famille, sincère admirateur d'un grand
homme que les princes d'Autriche et de Lorraine
ne renieront jamais pour leur parent, et qu'enfin,
malgré ses malheurs, *l'histoire donnera son nom
au siècle qui l'a vu sur le trône.* »

Il dit, embrasse de nouveau son neveu, et le
fait conduire à Livourne dans une des voitures de
sa cour. Le jeune Prince se sépara du grand-duc
avec attendrissement, et il n'eut pas besoin de lui
recommander le succès de la noble mission de
Petr...., qui retrouvait dans ce souverain tous les

Médicis et l'immortel *Léopold*, et qui fit des vœux sincères en prenant congé de son jeune compagnon de voyage.

Une felouque, préparée par ordre de Ferdinand, reçut à son bord l'illustre passager, et mit à la voile pour *Porto-Ferrajo*.

Mais la Providence réservait cet enfant à de nouveaux hasards : une tempête horrible vint assaillir, en pleine mer et presque à la vue de l'île d'Elbe, le bâtiment qui portait le *petit Pélerin de Parme et de Plaisance, et l'éloigner du port où il espérait aborder.*

Quoique le capitaine de la felouque eût ferlé les voiles, le vent de nord-est devint si violent que le bâtiment fut promptement affalé sur les côtes de la Corse, près de Saint Florent ; on reporta rapidement le gouvernail à l'étrave, et les rameurs parvinrent à empêcher la felouque d'échouer.

Le capitaine qui avait été de l'expédition française contre la Sardaigne, il y avait environ vingt ans, et un grec de l'île de Naxos qui revenait de Paris où il était allé visiter une parente qu'avait épousée un Français, ancien secrétaire d'ambassade, jouissaient de la vue du jeune Prince et fondaient leur espoir sur sa présence. Leur sécurité enhardissait tout le reste de l'équipage ; on avait beaucoup juré, mais on n'avait pas encore

recouru aux prières, et les manœuvres s'exécu-
taient avec la plus grande précision.

Les vents ayant tournés au nord et au nord-
ouest, il fallut longer les côtes de Corse et
de Sardaigne, éviter les ruines de Carthage et
le cap ouest de la Sicile, et aborder à Malte
pour y prendre des vivres et y reposer les rameurs.

La tourmente n'avait point empêché le capitaine et le Grec, joyeux comme le sont tous les
habitans de Naxos, d'informer le petit Pélerin
de ce qu'il lui importait de connaître sur les pays
qu'il cotoyait, et sur la France qu'*Esta-Casali*
venait de quitter. Le jeune Prince avait salué la
terre natale de son auguste père, terre devenue
française par le courage de ses habitans qui se-
couèrent le joug des Génois, et par l'adoption
solemnelle si sagement conseillée par *Voltaire*
au premier ministre de Louis XV. Le capitaine
parlait des tentatives sur Cagliari et surtout du
succès procuré par un jeune héros qui faisait
ses premières armes à l'attaque de Cabrera et à
la prise de la Madelaine.

Le Prince vit de loin, à sa droite, les côtes de
Tunis, où le despotisme succède au despotisme ;
où de féroces révoltés immolent de barbares
tyrans, où l'humanité gémissante accuse l'é-
goïsme des puissances maritimes, où les faibles

vestiges de la puissante Carthage offrent tant de matière à la méditation des sages, et où l'on croit voir errer encore l'ombre du vainqueur des Cimbres et des Teutons.

Sur sa gauche, il avait la Sicile, cette antique *Trinacria,* et il pouvait apercevoir le sommet du mont *Erix,* au pied duquel reposent les restes d'*Anchise* dont le premier roi et le premier empereur des Romains tiraient leur illustre origine. *Esta-Casali* dépeignait au jeune Pélerin ces vastes mers et ces côtes fertiles en naufrages qu'avaient parcourues *Ulysse* pour rejoindre sa patrie et une épouse fidèle, Enée pour fonder un empire avec les débris d'Ilion, et Télémaque pour retrouver son père.

Le *divin Homère,* dans la bouche d'un grec instruit, ne perdait aucun de ses charmes; *Virgile* inspirait au Prince un plus grand intérêt; mais combien il se plaisait avec Fénélon! Avec quel attendrissement il suivait les pas de Télémaque, avec quelle attention il écoutait Mentor, avec quelle ardeur il se promettait de suivre de si sages leçons pour conquérir l'amour des peuples, et assurer leur félicité!

Lorsqu'ils furent débarqués, le Prince reçut les hommages du général anglais qui veillait soigneusemeut sur une importante possession pour la conservation de laquelle le gouvernement britannique avait fait couler tant de sang. *Malte,* défendue avec gloire par le grand-maître *La Vallette*, avait signalé, 250 ans après la honte des Turcs, les premiers efforts de cette immor‑ telle armée d'Orient qui, à la fin du dix-huitième siècle, reportait vers leur antique berceau les arts, les sciences et la civilisation. Toute cette grande expédition d'Égypte fut détaillée au Prince par le général anglais qui en avait été témoin, et qui déroula sous les yeux du jeune Roi, cette collection admirable de cartes et de plans à la confection desquels les savans et les ingénieurs français ont concouru avec un zèle, une exactitude, un courage et un succès qui leur garantissent une gloire immortelle. Le général cita avec complaisance les noms de tous les géné‑ raux, de tous les corps, de tous les amis asso‑ ciés à la gloire du moderne Alexandre : il nom‑ mait aussi, avec un noble orgueil, tous ses com‑ patriotes qui avaient été jugés dignes de com‑ battre les illustres croisés français. Il racontait comment Bonaparte, se confiant dans le courage et les talens d'un célèbre capitaine, lui avait re‑ mis le commandement de son armée , s'était élancé, presque seul et à travers mille hasards, au secours de sa patrie éplorée, et était venu lui rendre et sa gloire et son indépendance. Le Prince, saisi d'admiration, voyait en secret, dans ce retour inattendu, le présage heureux d'un retour plus merveilleux encore.

Cependant au milieu de la nuit qui suivit ce t entretien, le jeune Pélerin se sentit, contre son ordinaire, accablé de lassitude, et s'abandonna au sommeil. L'illustre *Raymond*, du Dauphiné, premier grand-maître de l'ordre de Saint-Jean de Jérusalem, lui apparut avec les vêtemens et l'armure qu'il avait adoptés pour les chevaliers dont il avait réglé les fonctions, la discipline et la répartition en trois classes et en plusieurs *langues*.

« Enfant chéri du ciel, lui dit ce vénérable guerrier, ne tardez point à voguer vers l'île d'Elbe : les vents ne mettront plus obstacle à votre pieux pélerinage. Vous reposez en ce moment sur un rocher dont la prise a concouru à la gloire de votre père plus heureux que *Soliman*. Mais la chute de Malte était déterminée par les décrets de la Providence, et l'instant était arrivé de punir cet ordre dégénéré de son antique gloire, de ses vertus modestes et de ses vieilles institutions. Les dignités livrées à l'intrigue et payées par la corruption, n'étaient plus occupées par les *Villaret*, les *Villeneuve*, les *Gozon*, les *La Vallette* et les *Villiers-de-l'Isle-Adam*, par les *vertus enfin victorieuses de la fortune*. Que tout ce qui dégénère périsse ; c'est la loi de la Divinité. L'épreuve à laquelle a été soumis *Napoléon*, touche à son terme ; la terre des braves gémit sous l'oppression ; le plus généreux des peuples est la proie d'*émirs* ambitieux et de *mamelucks* avilis, sectateurs déhontés du plus absurde despotisme qu'ils voudraient rétablir avec tous ses abus et toutes ses vicissitudes. Leurs efforts sont secondés par des espèces de *beys* ignorans qu'ils envoient dans les provinces, et par ces prêtres vieillis dans la dissolution, et qui, après vingt années d'absence, retrouvant à la cour les antiques compagnes de leurs anciennes débauches, se livrent avec elles à des projets sanguinaires, et s'abandonnent aux rêves d'une imagination vindicative. Cependant la nation est tombée de son rang élevé ; ses ennemis se partagent ses dépouilles, tandis que dans son sein les anciennes trahisons, les défections mémorables, les révoltes parricides, les assassinats, les tortures, jouissent seules des récompenses et des honneurs créés pour la fidélité, pour le patriotisme et pour la bravoure.

Des princes qui ne devraient paraître que pour répandre des bienfaits, sèment partout l'inquiétude et l'abattement, insultent à de glorieuses cicatrices, repoussent un clergé soumis, accueillent les prêtres intolérans, menacent les propriétés, excitent les vengeances, et, comme des anges exterminateurs, retirent les ossemens de leurs tombes pour les faire présider aux proscriptions et aux supplices. Au milieu de ce terrible mouvement rétrograde; une princesse, au sort de laquelle la France entière avait pris intérêt, ne s'occupe qu'à la couvrir d'un crêpe funèbre, se nourrit de lugubres souvenirs, s'obstine à ne sourire qu'aux détails barbares des meurtres commis par ses courtisans sur tant de familles infortunées, et s'impatiente de ne pas voir encore couler le sang des Français sous le poignard des Séides ou sous la hache des bourreaux. Vœux insensés qui dénaturent les grâces de son sexe, et que condamne la religion qu'elle croit professer !

« Il est temps qu'un nouveau Gustave - Vasa s'élance des mines de sa Dalécarlie, et vienne présenter à la grande nation les signes de sa gloire et de son indépendance.

« *Le jour* prédit par Napoléon lui-même dans les murs du Caire *est bientôt arrivé, où tout le monde verra avec la plus grande évidence qu'il est conduit par des ordres supérieurs, et que tous les efforts humains ne peuvent rien contre lui.*

« Le ciel manifestera sa protection par l'assentiment des peuples et par l'enthousiasme de l'armée. Que *Napoléon* reconduise les aigles impériales à la tête de ses phalanges redoutables; que les Français revoient ces couleurs chéries qui leur annoncèrent, il y a vingt - cinq ans, l'union indissoluble de la nation, des lois et du souverain ; ce pacte indignement rompu par une famille dégénérée, et glorieusement renouvelé par un héros aimé des dieux !

« Mais que sa grande âme, éprouvée comme tout son peuple par le malheur, place la vraie gloire dans la félicité publique et dans cette noble indépendance nationale qu'a trop compromise un vaste plan qu'il ne pouvait exécuter seul, et pour lequel il contracta tant d'alliances éphémères que devaient dissoudre l'or et la trahison !

« Que son œil perce à travers les murailles blanchies que vont former les courtisans autour de sa personne, et aille démêler dans la foule le talent modeste, le dévouement sincère et la silencieuse intégrité ! Que son cœur reconnaisse ceux dont le cœur appelait son retour, dont les regards restaient fixé sur ses monumens, dont les souvenirs se nourrissaient de sa gloire, et qui allaient, comme en pélerinage, s'introduire dans un jardin solitaire, et déposer leurs larmes aux pieds de sa statue !

« Que *Napoléon* hâte donc son illustre entreprise ; qu'il se souvienne que déjà la main de Dieu le conduisit d'Égypte jusque dans sa patrie pour la sauver de l'invasion étrangère. Ce Dieu, dans un plus grand danger, se dispose à opérer un plus grand miracle, et il faut qu'un frêle bâtiment porte encore *César et sa fortune...* »

Il dit, et le Prince ayant conservé, après son réveil, un souvenir exact de tout ce discours, y reconnut les ordres de la Providence, et se prépara à les exécuter.

Le général anglais avait fait préparer une frégate pour le recevoir; il le conduisit à bord pour le confier lui-même aux soins du capitaine qui avait combattu sous l'amiral *Nelson*. Le jeune Pélerin fut accompagné dans la traversée par *Esta-Casali*, qui égaya le voyage par ses rêves sur la liberté de la Grèce où il voyait renaître de nouveaux *Socrates*, de nouveaux *Aristide*, de nouveaux *Philopémène*, et sourtout un autre *Pindare* et un nouvel *Homère*. Comme tout s'arrangeait à son gré, il n'y aurait plus ni ciguë ni ostracisme, ni de *Sinon*, ni d'*Anitus*, ni de *Mélite*; et si un autre *Aristophane* signalait publiquement les défauts et les ridicules, il serait contraint de respecter les vertus et la philosophie.

Le jeune *Pélerin* mettait à profit l'érudition de cet aimable Grec, et il faisait connaissance avec les dieux et les héros, les sages et les écrivains d'un pays si long-temps favorisé de la nature et des Muses.

Cependant, après avoir de nouveau doublé le cap de Trapano, et avoir joui pendant la nuit, du spectacle majestueux que lui procurait d'abord les feux de l'Etna, et ensuite les éruptions du Vésuve ; après avoir laissé, loin sur sa droite, l'île de Caprée, théâtre célèbre des prostitutions d'un tyran décrépi, assassiné par ses flatteurs ; après avoir aperçu l'embouchure de ce *Tybre* si fier autrefois, si honteux aujourd'hui de baigner les murs du Capitole ; le Prince tressaillit à la vue des montagnes dont les flancs resserrent des mines inépuisables de *fer* et de cette *calamite* devenue le guide de hardis navigateurs ; ces monts lui annonçaient l'approche de l'*île d'Elbe*, où semblait dormir l'aigle porteur de la foudre.

Mais quelles ne furent pas sa surprise et sa joie de voir approcher de sa frégate plusieurs canots pavoisés chargés d'une musique militaire, et au milieu desquels une gondole richement ornée portait l'Impératrice sa mère, brillante au milieu des dames de sa cour. Telle Amphytrite apparut autrefois à Télémaque au milieu des flots avec un visage serein et cette douce majesté qui faisait fuir les vents séditieux et toutes les noires tempêtes.

La Princesse n'avait point eu d'autre avis que ces pressentimens secrets qui ne trompent jamais le cœur d'une mère : elle accourait au-devant de son fils qui se précipita dans ses bras, et qui, couvert de ses tendres baisers, confondant ses larmes avec les siennes, ne put retrouver l'usage de la parole qu'en abordant à *Porto-Ferrajo*, où

les embrassemens de son auguste père renou-
velèrent son émotion, ses pleurs et ses plaisirs.
C'est là qu'il reconnut avec attendrissement ces
généraux à jamais illustres, modernes *Pylade*,
Patrocle et *Philoctète* dignes de l'*antique*, et ces
vieux guerriers, brillans de cicatrices, tous re-
présentans de l'armée française, tous dépositaires
fidèles et incorruptibles d'un trésor qu'eux seuls
pouvaient conserver à la patrie, et dont un jour
peut-être ils protégeront le retour fortuné.

Arrivé dans le palais de *Napoléon*, le petit Pélerin, assis sur les genoux de sa mère, s'empressa
de raconter la vision qu'il avait eue dans l'île de
Malte, et l'Empereur ne trouva dans ce récit que
le présage du succès pour les plans que son génie
lui avait déjà fait concevoir. Le jeune Prince in-
forma ses parens de tout ce qui lui était arrivé
pendant son voyage, et son père se livra à cette
douce persuasion qu'il avait de sincères amis partout où germaient les idées libérales, et des admirateurs partout où il y avait des hommes. Le
cœur du souverain s'ouvrit alors sans réserve à
son auguste et tendre épouse, et même à ce fils
chéri qu'une protection spéciale de la Providence
avait déjà rendu capable d'aprécier de si nobles
épanchemens; mais l'âme du grand homme se
reployant, pour ainsi dire, en elle-même, ren-
ferma des secrets auxquels était attaché le sort de
l'univers.

Le tems de l'équinoxe approchait. Napoléon craignant pour la santé de ce qui lui était le plus cher, pressa lui-même les apprêts du départ de l'Impératrice et du Roi de Rome : tant les êtres supérieurs à l'humanité savent triompher des affections les plus naturelles ! La même frégate qui avait conduit le jeune Prince de Malte à l'île d'Elbe le descendit, avec la princesse, à Livourne, d'où l'Impératrice et son fils se rendirent à Schoenbrun. Là ils revirent le fils adoptif de l'Empereur, ce héros fidèle, bien moins occupé de ses intérêts personnels que du bonheur de son père : là un empereur venait verser des larmes secrètes sur le sort d'une fille soumise, respectueuse, et que sa constance plaçait bien au-dessus de ses malheurs : là un illustre guerrier dont les grands talens avaient retenu la monarchie autrichienne sur le bord du précipice, se plaisait à caresser le jeune Prince, à former son âme et son cœur, et à sourire sans effroi au récit des avantures du *petit Pélerin de Parme et de Plaisance.*

FIN.

ERRATA.

Page 2, ligne 6, *faisaient,* lisez *faisait.*
Page 60, ligne 20, *hors,* lisez *fors.*

9 782014 040517